ある構造屋の物語

今西宏
Imanishi Hiroshi

風詠社

目次

ある構造屋の物語

装幀　２ＤＡＹ

第一章

病院を出て近くの薬局で薬を受け取り、外に出た。空は雲がなく透明に晴れ渡っていて、歩道の石畳は明るく輝いていた。道に並ぶ建物は変わらぬたたずまいを示し、歩く人、車道を行く車も変わったものは何もない。

このありふれた日常世界の風景を、近いうちに自分は見ることができなくなってしまうことを、有川佑介《ありかわゆうすけ》はあらためて不思議な感覚で意識した。

有川の肺がんは三年前に偶然みつかった。時々腰痛が出るので近所の整形外科にかかっていたが、ある日レントゲン写真を撮って帰った夜に医師から電話があり、気になる影があるので大学病院の放射線科へ行って診断を受けてほしいといわれ、翌日紹介状と写真をもらって行った。

大学病院であらためて何枚も写真を撮られ、ＣＴスキャンを受け、日を置いて宣告されたのは肺がんの三期という診断であった。こぶし大の塊があり、手術の困難な部位でもあり、化学療法で治療を始めることになった。

以来三年間、入退院を何度かくりかえし、放射線療法や免疫療法を併用して病と闘ってきた。当初は顕著な効果があった抗がん剤がだんだん効かなくなり、薬品の種類を変え、他の治療法を試したものの、二箇月前に主治医からこれ以上積極的な治療は難しいと宣告された。相談のすえに紹介された対症療法専門の別の病院に転院して、今日は二回目の外来診察であった。

新しい医師は三種類の薬を出した。最近頻度を増している咳に対する緩和薬、痛みを止める飲み薬、局所的な激痛が出た場合に対処する貼り薬である。

幸いに有川は副作用に強い体質であったため、これまで治療そのものからは激しいダメージは受けず、以前とあまり変わらない生活を続けることができた。しかし徐々に病気そのものの症状が現れてきており、あらためて言われるまでもなく、このさき激変が訪れるであろうことはよく承知していた。

有川はこれまで妻と母と兄のがんの最期に立ち会った。妻は卵巣がん、母は乳がん、兄は胃がんである。妻は三十九歳、母は六十二歳、兄は六十六歳で死んだ。いずれも早死である。有川自身は彼らの年齢を超えて今六十九歳になる。超えられたのは幸運であったが、いずれ自分にも同じ運命が来るであろうことは予測できた。がんの末期は分かっているつもりである。三人の最期は三様であったが、いずれの場合も死ぬ前の十日間は壮絶であった。できれば自分は苦しくない最期になってほしいと願っている。

こんどの病院は最期の日まで面倒を見てくれることになっている。日常生活が不能になったら入院できる予約をしてくれた。医師はそれがいつのことになるのか言わなかったが、おそらく明確には言えないのだろう。それはあと三箇月のことなのか、半年のことなのか、それともまだ一年ぐらいもつものなのか、もちろん有川にも分からない。分からなくても確実に訪れるその日までに、しておかねばならぬことがあることを有川は意識していた。

神戸市垂水区の街のはずれにある事務所に戻ると、所員の中島が有川の帰りを待っていた。

「適判から加工工場への質疑が来ました。たいてい私が処理できますが、この件だけどのように対処したらいいか教えてください」

三箇月前から設計中で今最終段階の適判へ出している物件への質疑である。建物は鉄骨造三階建てで、一部平屋になっている部分の軽量の屋根と同じ高さにある鉄筋コンクリートの二階床を、一体の剛床と仮定して解析していることについて、妥当性の説明を求めるものであった。

有川の思考はただちに仕事モードに入った。

「うん、この件は質疑が来るかもしれないと思っていた。鉄骨の軽量の屋根と鉄筋コンクリートの床の水平剛性には大きな差があるので、同じ高さにある一体構造の剛床とみなすためには、別の方法で検証しておく必要がある。このようなときの定法は二つの剛床に分けてそれぞれの剛床に所属する重量を求め、ゾーニング法で再計算してみることだ。おそらくそれで問題はないという結果が出ると思う。回答書ではその手法を説明し、添付資料に電算出力の抜粋を付けておけばよいだろう」

有川の事務所は建築構造設計を行う有限会社である。県に「一級建築士事務所」として登録している。管理建築士は有川で、技術職員は中島一人、別に事務仕事と所内の掃除や雑用をしてくれる森さんがいる。全部で三人の小さな事務所である。

適判というのは、二〇〇五年の姉歯事件以後、建築構造計算の偽装や過誤を防止するため、二〇〇七年に発足した構造計算適合性判定制度のことである。一定の規模以上の建築物については、建築確認申請の際、判定員の資格を持つ高度な技術者のチェックを受けなければならなくなった。判定を行う特定機関に設計図書を提出し、合格証を得た上でないと建築確認証は下りず、着工できない。

これは建築構造設計を業務とする人々にとって、設計の終了段階における重要な関門で、適判審査をクリアすることが構造設計者の大きな心理的負担になっている。

この構造計算適合性判定制度と同時に、「構造設計一級建築士」という新たな資格制度が誕生した。一般の一級建築士の中から特に構造設計に高い専門技術を有する者を認定して、一定規模以上の建物の設計はその資格者しか担当できないようにした。

二〇〇七年の、この適判制度と構造設計一級建築士制度の発足が、姉歯事件を教訓とした建築行政の改革である。姉歯事件で失われた建物安全性への信頼回復を図るため、従事できる有能な専門技術者をしぼりこみ、さらにその仕事を別の専門技術者にチェックさせるという仕組みをつくったのである。

有川自身は新制度初年度の裁定で、長年の経験と実績の書類による審査と、まる一日の講習と修了考査で「構造設計一級建築士」の資格を得た。

これらの制度改革で、建築物の構造安全性は確実に向上した。安定した高品質の構造設計がなされるようになった。しかしそのため、従来建築構造設計に従事していた人々から落ちこぼれができ、他へ転職する人や廃業する者が出てきた。また、新たにこの職業を目指す人が減少する事態を招いた。

現在の制度では、建築を学んで大学を出てから二年で一般の「一級建築士」の受験資格ができ、それに合格してからさらに五年の実務経験を経なければ「構造設計一級建築士」の認定試験が受けられない。

つまり最短でも大学を出て七年が必要で、その間の実務経験と二つの試験をクリアしなければ一人前の構造設計技術者にはなれない。これは以前にくらべてかなりきびしい職業選択コースである。したがってこのさき建築構造設計をになう技術者が不足してくるのではないかと、有川は危惧している。

所員の中島は現在三十九歳になるが、一級建築士の資格をとれたのがおそく、それから五年の実務経験をやっと昨年に達成した。したがってまだ「構造設計一級建築士」ではない。そのため今のところ中島は法的に正規の担当者にはなれず、有川がすべての仕事の責任者で、中島はその助手という立場になっている。

近い将来有川がたおれると、中島一人ではこの事務所を運営できなくなるので、ぜひとも今年中には「構造設計一級建築士」の認定試験に合格してもらいたいと思っている。早急にそのことを中島と話し合わねばならない。

有川は、適判から届いた加工工場のその他の質疑事項に目を通し、やろうとしている対応方法を中島から説明させた。そのうえでいくつかの修正を指示して、ちょうど正午になったので、自身の住居になっている二階へ上がった。

二階では、森さんが昼食の用意をしてくれていた。昼食はいつも森さんの手料理を二人で食べる。

森さんは二十年前から有川の事務所で働いている。今六十歳で寡婦である。娘が二人いてどちらも結婚している。上の娘は会社員の妻で一女あり、下の娘は夫と共に、オーガニックなカフェを始めて二年目である。国内の各地からセレクトした無農薬・減農薬の野菜を使ったベーグルや健康的な飲料を仕入れ、店で提供している。子供はない。

森さんはかつて亡夫と酒屋をしていた。夫婦ともに働き者で、二女をもうけ商売は順調にいっていたが、ある日配達中の夫が交通事故で死んだ。

女手一つでは酒屋の重労働に耐えられず廃業せざるを得なくなった。収入が途絶え、学齢の二人の子をかかえて困窮していたところ、ちょうどパートの事務員を求めていた有川の事務所に雇われたのである。

男一人で独立開業した有川設計事務所は、最初の五年間は有川一人で全ての用事をこなしていたが、仕事量が増えてくると事務や雑用に手が回らなくなった。そこで知人の紹介で森さんを入れた。最初はパートの時間給勤務にしていたが、すぐにフルタイムに変えた。というのは、事務仕事や所内の掃除清掃にとどまらず客の応対にいたるまで、あらゆる用事を安心して任せられる森さんが、事務所にとってなくてはならぬ人になったからである。

森さんの仕事ぶりは誠実の一語に尽きる。手抜きやごまかしが一切ない。

最初は事務所内の清掃や雑用が森さんの仕事であったが、酒屋時代に会計事務に慣れていたことが分かり、事務所の帳簿を任せることにした。酒屋の会計に比べたら、設計事務所の会計は簡単である。電話や来客の対応もそつがなく、関係先から好感を持たれた。

建築構造設計の仕事は、大きく分類すると構造計算と図面作成に分かれ、どちらもパソコンを使って行う。構造計算はきわめて専門的な業務であるが、図面作成は慣れれば専門家でなくてもできるようになる。森さんは徐々にではあるが、図面作成も手伝えるようになった。今ではその分野でも十分な戦力になっている。

食卓に着くと森さんはさっそくたずねた。

「今日の診察はいかがでしたか」

森さんには病状の変化についてそのつど報告している。しかし積極的な治療が無くなって対症療法の病院へ転院してからのことはあまり説明していなかった。有川自身がそのことを言葉にするのが憂鬱だったからである。だから森さんは有川がまだまだ元気でいられるものと思っている。

「そろそろ私がいなくなる日が近づいていることを、あなたに言っておかねばならない」

「えっ」森さんは箸をおいて有川の顔を見つめた。

「実はもうがんの治療は終わっているんだよ。がんはあちこちに転移していて、あとはいつまで生きていられるか分からない状態になっている。今度の病院は体の苦痛をやわらげる処方をしてくれるだけなんだ」

「そんなこと信じられません。先生を拝見していると以前とちっともお変わりはないし、まだまだ働いていかれると思っています」

小建築事務所の所長は工務店や不動産会社の人々から先生と呼ばれることが多く、森さんはそれをまねて有川を先生と呼ぶ。

「でも本当のことなんだ。仕方のないことだから、私はある程度覚悟はしているんだが、この事務所の存続を考えると、あなたや中島君の今後のことが気になっている」

有川は率直にこの事務所の存続と二人の将来についての心配を述べた。

「いえ、私たちのことは何とでもなります。それよりご自分のお体のことを最優先にお考えください」

「残念ながらもうその時期は過ぎたようだ。先のことを考えておかねばならない。近いうちにいろいろと相談したいと思っている」

余命を考えると、なるべく早くこの事務所と住居の相続について決めておくことが必要である。それについては、有川には法定相続人がいないので森さんと中島に遺贈したいと思っている。また、有川に替わる事務所の経営者を立てねばならない。それは森さんになってもらいたいと思っているが、思いもよらぬことなので森さんには峻拒されるだろうが、その説得もしなければならない。


昼食の後しばらくリビングのソファに横になって体を休めてから、有川は一階の事務所へ下りた。二階の住居は直接外部の道路に面していて玄関があり、いったん外へ出てから階下の事務所に入るようになっている。二十五年前この土地を買って事務所兼住居を建てたが、少ない資金では急な斜面地しか買えず、一階は土地の一番低いところに地下室のように建ち、その上に二階が載っている。二階の半分は事務所の真上、あとの半分は二階と呼べども平屋である。玄関はそれぞれにあり、事務所へは外部の階段を下りて入る。

住居と事務所を内部でつながないようにしたのは、私事と仕事を分離させたかったからであるが、最近のように年を取って弱くなってくると、行き来が面倒になり、室内でつないでおいたほうがよかったと思っている。

事務所では応接テーブルで中島が深刻な顔をして来客の竹下の話を聞いていた。

「どうしても来月末には確認申請に出したいんだ。急いで頼みます。それと経済設計を忘れないで。できるだけ鉄筋を減らしてほしい。鋼材も労賃も上がっているのに、販売価格はおさえられているんだ。毎度のことだけど今回はいつもの一割減を目指してもらいたい」

話題になっているのは、二週間前に構造計算をスタートした十階建てのマンションである。二階から上の各階に四戸、計三十六戸の共同住宅で一階はエントランスと管理室など。駐車場は建物外に立体式で設けられる。狭い土地を最大限に利用した縦長のシティマンションである。

この規模の建物は、構造設計一級建築士の資格のない中島は設計できないが、別の資格者が法適合チェックをすれば担当できる。能力的には問題ないので、有川の管理のもとで中島に任せている。

竹下は有川事務所の得意先の一つである摩耶《まや》建設の営業担当である。よく顔を出して設計内容に口を出す。摩耶建設は神戸市内の中堅の建設会社で、西宮・芦屋・神戸・明石、それに淡路島に営業範囲を持っている。このほかに、有川事務所の得意先は不動産会社が一つと意匠設計事務所が三つで、計五つの客先から仕事を請けている。かわるがわる発注があり、有川と中島で手一杯の仕事量である。これ以上仕事を取るともう一人技術者を入れなければならないが、これまで有川にはその気はなかった。

竹下の言い分はまさしく毎度のことである。

「期限のほうはなんとかなります。しかし鉄筋量については構造計算で必要な量は絶対に要るのでお約束はできません。あまり強制すると違法になりますよ。耐震偽装事件を思い出してください」

気が弱くていつも相手に負けてしまう中島にしては頑張って言い返している。

竹下はちょっと気色ばんで、

「何も不正をしてくれと言ってるんじゃないよ。ぎりぎりの経済的な設計をしてくれればいい」

かつて姉歯事件があった。発注者から鉄筋量を減らせと要求があり、設計士が計算書を偽装して、それを確認検査機関が発見できなかったという事件である。発注者と設計士と、民間の指定確認検査機関の代表者が有罪になった。

発注者は、鉄筋を減らしてほしいと要請はしたが法を破ってまでやれとは要求していないと抗弁した。そのとおりであったが、無罪にはならなかった。設計士は、当時構造計算を故意に誤っても建築基準法に罰則がなかったので偽装そのものは罪に問われなかったが、喚問された国会で偽証したことが有罪の理由になった。確認検査機関の代表者は、当時の慣習として構造計算書の微細なチェックまでなされないのが普通だったと主張したが、認められなかった。

彼らに厳しい判決が出たのは、耐震偽装事件として甚大な社会不安をまきおこし、誰かを処罰しなければおさまらない雰囲気が蔓延したことが背景にあった。竹下は今でも発注者の建設会社が有罪とされたことを不満に思っている。

自分の席に着いた有川に、竹下は応接テーブルから声をかけた。

「ねえ先生そうでしょう。我々施工会社はコストダウンを求めるのがあたりまえで、だからと言って法をまげてまでやってくれとは言いませんよ」

有川もそれは当然と思っている。

「そのとおりだと思う。だから構造設計者はいつでも合理的に最少の鉄筋量ですむように計算している。これはもう構造屋の本能みたいなものだ。そのうえで法規は順守する。結果はどうあろうとも、それは私たちが最善の設計をしたものだと考えてほしい」

そう言いつつ、有川は心にわだかまる過去の自分の過失をよみがえらせていた。かつて有川の構造計算した建物で、予定した耐震強度が足りていない病院が一軒、今も立ちつづけている。このまま沈黙して知らぬふりしたまま、それを墓に持っていくことは忸怩たるものがある。やはり生きている間に何らかの決着をつけておかねばならない。それと同時に、その病院の院長夫人である一人の女性のことが胸によみがえる。亡妻を知るよりもずっと前に、若き日の有川がいちずに愛した女性である。できれば人生の最後に、今も謎になっている当時の彼女の心境を確かめたいという願望が心をよぎる。

竹下が言いたいことだけ言って帰っていくと、事務所の中は静かになった。森さんも二階の用事をすませて下りてきて自席についている。各自の机には一台ずつデスクトップパソコンがあり、仕事は主にモニターで行う。

世に建築設計事務所と呼ばれるものには三種類ある。最も多いのが意匠設計事務所で、顧客の要望に応じて建物の平面、立面の形を創造する。そこで働く人たちは技術者であると同時に、建築家と呼ばれるデザイナーである。建物の立つ敷地は、地区、地域、環境によって様々であり、彼らは建築基準法に定められた規則に従って建物を設計する。当然ながら予算、工期の制約を受ける。顧客は、企業、個人、官庁などである。建築設計を仕事とする人々の中でこの分野の従事者は最も多く、有名デザイナーもいるし図面作製を専業とする製図屋さんもいる。彼らは「意匠屋」と呼ばれる。

意匠設計事務所とは別に、建築構造と建築設備の設計を専門とする事務所がある。それぞれ構造設計事務所と設備設計事務所と呼ばれる。彼らは特別の技能を持った技術者である。世間で脚光を浴びることはほとんどない地味な仕事に携わっている。仕事の発注者は建築主ではなく大半が意匠設計事務所で、その下請けとなる。やはり建築基準法に定められた規則に従って業務を行う。構造設計事務所は建物の通常時や地震時や暴風時等の安全に係る構造設計、設備設計事務所は建物の電気や空調や給排水衛生等の設備設計を行う。彼らはそれぞれ「構造屋」「設備屋」と呼ばれる。これらの構造設計や設備設計を専業とする事務所は、最小で構造屋または設備屋が一人、多くても二十人までである。個人または二、三人の事務所が圧倒的に多い。

このように意匠、構造、設備は分業化された別々の設計事務所であるが、大建築設計事務所やゼネコン設計部のように三つの機能を全部持っている総合事務所がある。彼らは、人々の話題になるような巨大プロジェクトや特殊な建築物、大企業に結び付いた継続的な建築設計を受注する。

有川が構造設計事務所を創設したのは二十五年前である。それまで有川はゼネコンの設計部に勤務し、その一員として構造設計一筋の人生を送ってきた。妻ががんを発病して十九箇月の闘病後に死亡したあと、有川は一年の虚脱状態から立ち上がって独立した。四十四歳のときである。有川にはもともと事業欲のようなものはなく、事務所を拡大していこうという気持ちはなかった。妻を失って孤独になり、一人で気楽に生きていこうと始めた仕事である。しかし少しずつ仕事量が増えるにしたがい増員せざるを得なくなった。五年後に森さんが入り、さらに五年後に中島を入れた。中島が加わって十五年になる。途中、同業の人の勧めで個人から法人（有限会社）に変えたが、会社を大きくしたいという希望はなかったし今もない。しかし現在、有川事務所を信頼して仕事を依頼してくる得意先が五つあり、生活を依存する社員とその家族がいる以上、彼らの継続と安定を護る責任があることを痛感する。

中島は二十年前に工業高校の建築科を出て中小企業の工務店に就職した。三年後に現場の事故で大怪我をし内勤に変わった。中島には子供の頃から暗算の特技があり、四則演算がめっぽう速かった。会社はそれを見込んで積算専門の業務をやらせたが、中島はその仕事にあきたらず構造計算をやりたいと思った。その工務店には設計部がなく働く場がなかったので、ちょうど増員を望んでいた有川事務所に入ることになった。

有川はすぐに中島の演算能力に気づいた。二桁の掛け算は九九×九九まで全部言えるし三桁同士の掛け算もそらでできた。足し算引き算なら十個以上の四桁の数を宙で計算できる。建築の構造計算は、昔そろばんと計算尺でやっていた時代から今はパソコンでする時代になっているが、暗算能力があることは有利な武器である。コンピューターに入力するデータを手計算で求めるときに、中島は電卓のかわりに暗算が使えるので抜群のスピードを発揮するのである。

演算能力に秀でた中島は、建築構造の勉強と有川の指導のおかげで入ってから五年を経ずして一人前の構造屋に成長した。今では構造計算の技能に関しては立派に有川の代理をつとめられるようになった。

しかし、制度上正式な設計者として法的に認められるためには建築士の資格が必要である。中島は高卒なので、そのコースでは三年間の実務経験の後に二級建築士の受験資格ができ、合格後さらに四年間の実務経験の後に一級建築士の受験資格が得られる。建築士の試験は、建築法規・建築計画・建築設備・建築施工の四科目の幅広い知識を考査され、合格後さらに建築製図の能力を試験される。

　結局、中島の場合は最短で七年、二十五歳で一級建築士になれるのであるが、広汎な勉強が必要なこと、日々の仕事に追われてそれが十分にできなかったこと、性格的にのんびりしたところがあって受験しない年数が続いたこと、有川事務所では中島の法的な資格は実務上必要なかったことなどがあって、ようやく一級建築士になったのは三十歳を過ぎてからであった。さらに姉歯事件後の法改正で、一定規模以上の建物を担当するには構造設計一級建築士の資格が必要になり、それには一級建築士になってから五年以上の構造設計に関する実務経験がなければ受験できず、中島の場合はようやく今年その受験資格が得られたのである。

　有川亡きあとのこの事務所を存続させていくには、どうしても中島が早急に構造設計一級建築士に合格しなければならない。


　有川はあらためて過去の過失を思い浮かべた。自分が構造計算した建物で耐震強度不足のまま今も立ちつづけている建物のことである。

　有川が独立して二年経った頃であった。「皐月《さつき》内科医院」という物件の構造設計依頼が明石の意匠設計事務所からあった。有川は妻を失った悲しみからようやく立ち直り、仕事への熱意が少しずつ増してきていた頃であった。その医院は鉄筋コンクリート造三階建てで、淡路島北部の県道に面して建つ私立病院である。一階と二階は外来診察室と治療室やレントゲン室などの医療関係、三階は入院病室である。ただし将来の入院治療の拡張を考慮して四階部分が増築予定になっていた。増築後は入院病室が二倍になる予定である。

有川事務所は当時はまだ単独の個人事務所で、全ての仕事を有川一人で切り盛りしていた。構造設計は、構造計画→構造計算→構造図面作成という手順で進められる。延べ面積千二百平方メートル（将来増築後は千六百平方メートル）のこの医院の場合、有川一人の作業で約六週間を要する。通常は複数の物件を併行して処理しているので、期間としては二箇月以上みておく必要がある。しかもこの建物の場合は、増築前の三階建ての状態と増築後の四階建ての状態の両方を構造計算しなければならない。設計工程が逼迫していたので、有川は構造図面作成の仕事を外注することにした。

有川が忸怩たる思いを持ち続けている過失は、この構造図面の中で生じた。

一般に建築で使われる鉄筋は日本工業規格で規定されておりＳＤ材と呼ばれる。ＳＤのあとに強度を表わす数値が付き、ＳＤ３０とＳＤ３５が一般的であった。３０と３５ではその比で強度が高くなる。普通、床版や壁にはＳＤ３０、柱や梁にはＳＤ３５が使われることが多かったので、有川の構造計算もその習慣にならっていた。

図面の外注は構造計算書を製図者に渡し、製図者は構造計算書を見て、その内容を忠実に図化する。ところができあがった構造図面に、柱と梁の鉄筋がＳＤ３５であることの明示が抜けていたのである。そのため柱と梁にも床版や壁と同じＳＤ３０が採用されることになってしまった。これは、外注図面のチェックにおける有川の完全なミスである。さらに、当時の確認検査では細かい図面内容のチェックまではされないのが普通だったので、検査機関でも見逃されてしまった。

この鉄筋の使い分けは色々なケースがあり、全部ＳＤ３０であることもありえるので、区分が図面に明示されていないミスを、その後の工程の中で発見されることは困難であった。その結果、施工段階でも誤りは是正されることなく、ＳＤ３５の鉄筋が入っているべき柱と梁が、約十五パーセント強度の低いＳＤ３０の鉄筋で施工されてしまったのである。有川がこのミスを発見できたのは後年のことであった。

竣工から八年後、皐月内科医院では二階の一部に人工透析治療の室を設けることになり、器械が設置されることによる床の安全性を検討する依頼が、医院を施工した摩耶建設を通じてあった。

有川は早速計算に取りかかった。設計当時の構造計算書と構造図面は事務所の物置の中に保存してある。それを取り出し、検討に必要なデータを整理している段階でミスに気がついた。構造計算書のＳＤ３５が構造図面に明示されていない。外注した構造図面のチェック時に自分が見落していたことに気づいたのである。

ＳＤ３０と３５の相違による強度不足は、建物の自重や積載荷重等の長期的な荷重に対してはほとんど問題にならないが、地震等の短期的な荷重に対しては影響が大きい。

そこで、検討依頼のあった人工透析室による床の安全性は簡単な計算で問題ないとすぐに答えが出たが、柱と大梁にSD35が使われていないことによる建物全体の耐震安全性は、人工透析室をつくるとかつくらないとかと別の大問題であり、建物全体の再計算が必要であった。

有川は、SD35をSD30に入れ替えて全体の構造計算をやり直してみた。結果は明瞭に出た。四階部分を増築する前の三階建ての状態では問題はないが、増築後は一階において数本の柱がもたず、明らかに耐震強度が不足することが分かったのである。

有川はこの対策として、耐震診断の手法を使って検討することにした。耐震診断は、建築の耐震設計基準が大幅に改正された一九八一年以前に設計・施工された建物（既存不適格建物という）に適用されるもので、建物の倒壊に対する危険性を数値で検証するものである。阪神淡路大震災以降、耐震改修の促進に関する法律が制定され、学校、公共施設、病院等が率先して耐震診断されるようになっていた。皐月内科医院の建物は一九八一年以後の建物なので普通は診断の対象にはならないが、診断手法を適用して安全を確認できれば自分のミスが緩和されるかもしれないと思ったのである。

しかし結果は同じであった。増築前の三階建ての段階では大地震時に倒壊する危険性はなく安全であるという結果が得られたが、増築後はやはり一階において柱がもたず、倒壊の危険性があることが分かったのである。

検討結果の報告書をつくる上で有川は苦慮した。人工透析室をつくることは問題なく、それは明確に記述できるが、建物全体の耐震安全性をどう説明するか。触れないわけにはいかないだろうがどう書けばよいか。その時点では四階部分の増築は行われていなかったので、安全上問題はない。しかし将来増築した場合は一階部分が危険になるおそれがある。その原因が新築設計時の構造図面の不備によるものであることをどのように表現するか。不備の責任は設計者の有川にある。

有川は摩耶建設を通じて四階部分の増築の予定について病院側に尋ねた。病院側の答えは当分その予定はない、増築する場合は元の計画どおりではなく規模や内容を変更することもあり得る、そのときは構造上の問題についてあらためて検討してもらうというものであった。とりあえず有川は安心し、報告書ではミスを曖昧にして、現状の三階建ての状態において耐震上の問題はないことを併記するにとどめた。増築後のことには触れなかったのである。そのため有川の内心に忸怩たるものが残った。

有川はその報告書を出したあと、独自に検討を進めた。四階部分を当初予定の規模で増築するのは不可能だとして、ではどのようにすれば危険が避けられるか。方法は二つある。一つは増築による重量の増加を軽減することである。地震時に建物にかかる水平の力は建物自身の重量に比例する。したがってその力を小さくするのが、まず最も有効な手段である。

その方法として次の二案を考えた。

・四階部分の増築面積を予定の六割に減らす。

・四階部分の構造を鉄骨造に変更する。さらに屋根と壁は軽い材料でつくる。
このどちらかを採用すれば一階部分の倒壊は避けられる。

もう一つは一階部分を耐震補強することである。予定どおりの増築をしても一階をもつように補強すればよい。

その方法として次の二案を考えた。
・一階の北側と西側の外壁にある窓を二つずつ計四つ閉鎖して耐震壁にする。
・一階の内部で現在壁のない場所に鉄筋コンクリートの耐震壁を一箇所増設する。
どちらも建物の使用上の機能を損なうので好ましいものではない。しかしこのどちらかの補強をすれば当初予定の規模で増築ができる。

有川はこれらの案に基づいて詳細な構造計算を行い、可能な増築方法の提案としてまとめた。

しかしその報告書はどこにも出していない。


それからすでに十五年の年月が過ぎた。幸いに医院側からは今も増築の話は持ち上がっていない。しかしいつ浮上するか分からない。事務所の物置には、皐月内科医院の設計図書と一緒にこの未提出の報告書が保管してある。最後に目を通したのはもう五年以上前であるが、結論は変わらない。その報告書に基づいて、医院側に実情を伝えておく必要がある。少なくとも自分のミスを隠しておくことはできない。また、中島には報告書の内容を説明して将来の対応を委任しておかねばならない。それらのアクションをなるべく早く起こさなければならないと有川は思った。

第二章

その週末に有川は長田区高取山のふもとにある妻の墓に来た。四十年前に開発された墓地で、妻の両親の墓も同じ霊園内にある。妻の実家はここから歩いて行けるほどの近くにあり、今は弟夫婦が二人で住んでいる。妻が死んだときその弟の勧めで、というよりも弟が段取りをしてくれて、有川も一区画を手に入れた。

妻の墓に参るのは最近は少なくなっていた。年に二三回、気が向いたらふと訪れる程度である。初めの頃は来るたびによく実家を訪ねていたが、だんだん間遠くなり、この三年は全くごぶさたしている。そのため互いに近況を伝え合うのは年賀状だけになっていた。

妻の墓には今日も花が立っていた。実家の弟が両親の墓と共に姉の墓に参ってくれているのだ。いつもながら有川はそのことに感謝した。「有川家」と刻んだ墓には、今は妻だけが入っているが、近いうちに自分もここに入ることになるのだろうと思った。宗教心の薄い有川は、自分の死後の遺骨の処理について特に思い入れはない。ただ残った人に面倒をかけたくないので、墓はここにあることだけを伝えておかなければならない。伝える相手は森さんということになるだろう。

妻が死んで二十八年になる。有川との結婚生活は十二年間であった。二十八年という歳月は長く、いつしか妻の記憶は遠くなり、日常生活の細部はだんだんと薄れていって、今は象徴的な事柄だけが心に残っている。

二人の間に子供はできなかった。結婚して五年ぐらい経った頃、妻は産科に行って診てもらったが、妊娠しにくい身体であるが不妊症ではないとのことであった。しかし二人とも子供を欲しがらなかったので、そのことで悩むことはなかった。そしていつか出産適齢期が過ぎてゆき、有川も妻も子を持つことは考えないようになった。

子供のない夫婦の生活が十年近く続くと、互いに子供の役をするようになる。有川と妻は夫婦であると同時に、だんだん少年と少女のように、日常生活ではお互いにばか話に興じ、ふざけ合い、からかい合う友達のような関係になった。

子育てにかかずらう時間が必要ないので、二人は各々の趣味を気ままに楽しんだ。妻は手芸が好きで、編み物、造花、人形作り、有川はもっぱら読書であった。

街へは二人でよく出かけた。外で夕食をして、決まってパチンコをした。当時の器械は一球一球指ではじく方式で、妻のほうが断然うまかった。しばしば景品のたばこや菓子を持ち帰ったが、たいてい妻が獲た戦果であった。

有川は、自分たちの結婚生活が他の人たちとずいぶん違っていることを感じていた。普通の家庭にある夫婦間の様々な争いや親子のあいだの葛藤がない。悩みのない平穏無事な生活であるが、人間としては何か欠けていていつまでも成熟しない。それはそれでよいとしても、漠然と、こんな生活は長続きしないのではないか、早晩いつか終わりが来るのではないかと内心危うんでいた。

結局、その不安は妻の早逝と言う形で現実となった。

結婚してから十年、妻は三十七歳で卵巣がんを発症し、十九箇月後に死亡した。妻のことを思い出すとき、他の何よりも鮮明によみがえるのはやはりこの期間のことである。それ以前の十年の日常生活の細かい記憶は、いつしかこの十九箇月によって上書きされてしまった感がある。

元来、妻は夫婦の健康には神経質であった。いつも有川の身体を心配し、会社で受ける年に二度の健康診断の結果を気にした。いっぽう自分は、半年に一度婦人科で血液検査と乳がん、子宮がんの検査を受けていた。

「卵巣が少し大きくなっているらしいの。女性には時々あることらしく心配はいらないけれど、様子を見て半年後にもう一度チェックしましょうと言われたわ」

ある日の検査で、妻は会社から帰宅した有川にそう告げた。

心配はいらないということなので、二人ともそのことをあまり気に留めなかったが、ちょうどそれから半年経った頃、

「なんだかおなかが張るような気がするの。先生に話してみます」

そう言って病院へ行った検査で、右の卵巣が異常に腫れていることが分かった。

「先生の話では、卵巣は子宮の両側に一つずつあり、成人した女性ではふつうは親指ほどの大きさなんだけど、私の場合は右側の卵巣がソフトボール大になっているの。でも卵巣の腫瘍は九割以上が良性で、私の年齢や他の症状からみて卵巣嚢腫と思ってまちがいなく、心配することはありません。大きくなりすぎたので手術するのがいいでしょう、とのことだったわ」と報告した。

十代の後半に結核で半年ほど療養したことがあったほかは健康に過ごしてきた妻に、突然襲ってきた病であった。夫婦で話し合い、妻の実家の両親とも相談した結果、なるべく早く手術を受けることにした。手術はその産婦人科の医院でしてもらうことに決めた。妻が信頼している院長自らの執刀だと言う。

二週間後に入院、その二日後に手術となった。手術そのものは簡単なものだと説明を受けていたので、有川も実家も気楽に考えていた。しかし妻は生まれて初めての手術に、徐々に不安を募らせていた。有川はできるだけ快活にふるまうようにし、心配することはないと励ました。

入院した三階の病室へ看護婦が迎えに来て、有川は手術室へ行く妻をエレベーターまで見送った。妻はエレベーターの中から有川のほうを向いて小さく手を振り、すがるような目で有川を見た。頼りきった幼い女の子の表情であった。有川はそのときの妻の顔を、今でも鮮明に思い出す。

手術は一時間余りで済むので、有川は本を読みながら待つことにした。

突然の異変は手術が始まってから三十分ぐらい後に来た。病室で待機していた有川を、急ぎ足で看護婦が呼びに来たのである。

「すぐに手術室まで来てください」

何事が起きたのか、不安に襲われながら有川は手術室へ急いだ。

院長は手術着姿のまま、有川を二メートル以内に近づくことを制し、緊張した表情で言った。

「開腹したところがんのおそれがあることが分かった。腫瘍は卵巣から卵管、子宮まで伸びている。至急ここへ来てもらったのは、初めの予定であった右卵巣だけでなく、左も子宮も全部切除することを了解してもらうためだ」

有川は突然の宣告に驚愕した。しかし否も応もない。即座に、

「先生にお任せします。最善の手段を尽くしてください」と答えた。

手術は初めの予定時間より三倍かかった。その間有川は妻の病室で一人懊悩しながら待った。誰も来なかった。この事実を誰かに知らせたかったがじっとこらえた。院長はがんのおそれがあると言った。がんだったら妻の命はどうなるのだろう。しかしまだ確定したわけではない。がんでない可能性もある。いや、手術中に家族を呼び込むなど異例のことだからきっとがんはまちがいないだろう。様々な思いが有川の中で交錯した。ただひたすら苦しかった。そのとき、

いつもは考えもしない「神」の存在を思った。手術台にいる妻の無事を祈った。

手術後の院長の説明を有川は一人で聞いた。院長はトレー上の切除された患部を見せながら、

「ここが卵巣、これが子宮、そしてこの変色したところががんです。見えるところは全部切除しました。他臓器への転移は肉眼では確認できなかったが、腹腔内には抗がん剤を撒いておきました。細胞は生検にかけて精密な検査をします。今後の治療についてはその結果を待って、ゆっくり相談しましょう。とりあえず手術そのものは成功です」

有川は言葉もなく息を呑んで切り取られた妻の一部を見守った。頭の中は混沌として、秩序立った思考は不可能であった。ただ、妻を哀れに思った。

数日後、生検でがんは確定された。押し流されるような日が過ぎた。手術から回復し妻は退院した。そして次に、妻にがんを告知するかどうかが問題になった。

「それを決めるのは家族です。本人に言うか言わないか、それぞれメリット、デメリットがある。判断するのは家族だが、どちらになってもその方針にしたがって全面的に協力します」と院長は言った。

初めに聞いていた軽い疾患ではなく、重大な病気であるらしいことを妻は察していた。しかしそれゆえにまるで幼子のように従順になってしまった妻に、有川はがんを告知する勇気が出なかった。院長は、

「それじゃ結核性の卵巣囊腫ということにしましょう。奥さんは十代の時に結核をしている。

その菌が潜伏していて卵巣に出てきたと私から説明します」

「本当にそんなことがあり得るのですか」

「あり得ません。だから曖昧に話します。これはあなたと私とだけの取り決めです」

そうして、告知はしないまま、5-FUという抗がん剤を主力とする再発予防のための化学治療が始まった。転移がなければ妻は完治できる。有川はそれを祈った。

院長の説明で、妻は結核性であると信じているようだった。

「こんなことになるんだったら、あのときもっと徹底的に治しておくんだった」と、妻は十代のときのことを悔やんだ。それを聞くと有川は、哀れな妻に語る言葉が出なかった。

四週間ごとに妻は診察を受け、もらってきた錠剤を処方どおり呑んだ。

何箇月か無事な日が続いた。身体は回復し以前の健康を取り戻した。しかしやがて抗がん剤の副作用が現れてきた。

食欲不振、吐き気と典型的な症状に始まり、ときどき下痢、腹痛が伴なった。さらに女にとってつらい脱毛が加わった。身体はやせてきた。有川は、それでもそれに耐えればがんから生還できるという希望に賭けた。

「私、がんなの?」

ある日、会社から帰った有川に妻が尋ねた。

「えっ」内心ドキッとしながら有川は妻の顔を見た。

「今日、病院で親しくなったおばさんと帰りにお茶を飲んだら、そのおばさんは子宮がんで手術の後ずっとお薬を呑んでいるんだけど、見せてもらったら、びっくりしたわ、私とおんなじお薬だった。おばさんは自分はがんだと知っていて、がんのお薬だと分かっている。それなら私のお薬もがんのお薬だということになるじゃない。本当は私もがんなの？」

瞬間、有川は目をそらし妻の追及を避けた。この問いに対する答えを用意していなかった。胸の鼓動が速くなり、しどろもどろになるのを極力おさえて、

「いやそんなことは聞いていない。先生からは結核性と説明された。ぼくはそう信じている。たまたま薬が一緒だっただけで、それだからきみががんだということはない」

「ほんとね。そう信じていいのね？」

この時期のこの会話は今もはっきりと憶えている。思い出すたびに胸が痛む。三十年前のがん治療の水準では、がんを告知しない場合のほうが多かった。その選択が正しかったか否か、今もって有川には判断はつかない。ただ、妻をだましたという呵責だけはぬぐえない。

卵巣がんはがんの中でも予後の最もよくないものらしい。振り返ってあのとき、妻に対して最善の治療を受けさせたと言えるか。いま有川は肺がんで現在の進んだ治療を受けているが、今なら妻の治療はもっと違ったものであったかもしれない。その結果ひょっとしたら妻を救えたかもしれない。しかしその答えは有川には分からない。

妻の死後、有川は別の医師に、卵巣がソフトボール大になる半年前の段階で、がんを疑って

治療を開始していたら治すことができただろうかと、尋ねたことがある。その医師は、卵巣がんは早期に腹腔内に散るように転移するので、そうしていたとしても完治は無理だったのではないか、それだけ卵巣がんは難しいのだと言った。医師は有川の悔心に配慮してそう言ったのかもしれないが、その答えは有川にはなぐさめになった。

十箇月後からは副作用との闘いになった。二人にとって苦しい生活が続いた。しかし今思えば、妻との十二年間の中で最も強い絆で結ばれた時期でもあった。妻はますますいたいけない幼児のようになり、有川はそんな妻をひたすら庇護する存在になった。有川は希望を失ってはいなかった。まだきっと治ると信じていた。

手術から十四箇月経ったとき、妻はおなかの膨満感を訴えた。身体は痩せているのに、腹だけが不自然に太っている。有川は院長に電話し、すぐに妻を連れて行った。

診察で、腹腔内に水が溜まっていることが分かった。院長は有川だけを別室に呼び、その腹水を検査すればがんの再発か否かが分かる。再発なら腹水は血が混じって淡赤茶色になっていると言った。

直ちに採取が行われた。

しばらくして処置室から出てきた院長は、注射器に採られた液を無言で有川に見せた。それはまぎれもなく淡赤茶色であった。がんに対する敗北を意味しており、後日の生検でもそれは確認された。

それからは別の治療が必要になった。予防より緩和と延命が主になる。小さな産婦人科では不十分なので、総合病院へ入院することにした。あらためて様々な検査が行われた。妻は黙々とそれに耐えた。

再発後は、病名はがん性腹膜炎とされた。妻には新しい主治医と相談のうえ結核性腹膜炎と告げた。腹水の浸出は致命的であり、予後不良であった。わずかな延命措置だけが可能という。

しかし有川は、それでも生還への希望は捨てなかった。抗がん剤は体を痛めるだけなので、当時有名だったMワクチンが用いられた。Mワクチンは患者の家族が東京の機関へ出向いて供与を受ける必要があった。しかし幸い病院に保存分があって、無くなるまでは使いましょうと言ってくれた。有川はその好意に甘え、そのMワクチンに最後の望みを託した。

その日から死亡に至る四箇月は壮絶な闘いとなった。残念ながらMワクチンの効果は認められなかった。妻は繰り返し溜まってくる腹水に苦しんだ。腹水による内臓圧迫で食欲が減退するようになり病院食を半分以上食べ残すので、病院側は生命を維持するためには何を食べさせても良いと許可した。

有川は会社が引けると毎日病院へ直行した。そのつど妻が食べられそうなものを買って持って行った。

「おすしが食べたい。鯛とウニと赤貝がいい」

ある日、妻は以前から好きだった寿司を所望した。

有川はすぐに買いに走った。しかし食べられたのは一箸ずつで、ほとんどは残した。

そんなとき年末年始がやってきた。主治医は、お正月を夫婦でどこかでお過ごしになったら、と有川に勧めた。緊急事態が生じたら救援が受けられるように、病院の近くのホテルを取った。

大みそかと元日をホテルの静かな部屋で過ごした。いつも観ていた「紅白歌合戦」が始まった。しかし妻は目をつむって横たわっているだけでテレビに目を向けようとしなかった。大好きな歌手の歌になってもそれは変わらなかった。元日の朝には雑煮とおせち料理が出た。毎年妻は自分のおせち料理をつくったが、ホテルのおせち料理には関心を示さなかった。

それでも正月休みは二人にとって休息の時間となった。妻の気分の良い時には、病気になる前の日常生活のように、たわいのない話題に興じた。今思い出せば、それは貴重な至福の時間であった。

腹水が溜まりすぎると抜かざるを得なくなる。再び病院へ戻ると、腹水穿刺という施術が十日間ぐらいの間隔で行われるようになった。腹水の中には人体にとって貴重な栄養成分が含まれているが、それが穿刺によって失われるため、行うたびに身体の衰弱が進んだ。その頃から、生きているために必要な養分は点滴で補われるようになった。

有川は毎日夕方に会社から病院へ直行し、週末は必ず病室に来ていたが、ついには夜も泊まるようになった。病室に簡易ベッドが入り、そこで寝た。妻は一日中眠っている日が多くなった。目覚めると相変わらず幼い女の子のように有川を頼り、ありがとうと礼を言った。

主治医との会話で、有川は妻の臨終が近いことを告げられた。

「延命に最善を尽くしていますが、奥様を苦しめるだけなので、もし了解していただけるなら苦痛をやわらげるためだけの対応にします」と主治医は言った。

その最後の日を迎えるために、有川は二週間の休暇を取った。毎日二十四時間病院に留まっていたが、休暇が終わりに近づいた日の夜中、突然妻はうわごとを言い、それをきっかけに口から赤い液を出し始めた。液は途切れることなくよだれのように流れた。当直の医師も看護婦も最善を尽くすがなすすべはなく、ただ綿でふき取るしかなかった。夜間の手薄な病院側に替わって、有川も協力して妻の口を拭いた。

そうしてその夜が明けた朝に、妻は息を引き取った。

二十八年経った今も、その日の光景は昨日のことのようによみがえる。


有川は妻の墓の花を差し替え、線香を立てて合掌した。しばらくのあいだ、昔の若い妻の顔を思い浮かべた。手術日のエレベーターの中から有川のほうを見たときの忘れがたい表情。妻はあれ以来有川の中では歳をとらない。

空は良く晴れていた。立ち上がってふりかえると、神戸の街が眼下に広がり、左手には大阪湾、正面には神戸港、右手には明石海峡大橋が見えた。愛すべき懐かしい景色である。世を去るということは、こんな絶景を失うことになるんだなと、ふと思った。

妻の墓から霊園内の細い砂利道を百メートルほど行くと、妻の実家の墓がある。四十年前に霊園が出来たとき、遠くにあった古い墓をここへ移したと聞いた。三代前ぐらいからの遺骨が入っており、妻の母は妻の死から二年後に、妻の父はその後、阪神淡路大震災で亡くなって入れられた。

有川は持ってきた花と線香を立て、手を合わせた。墓に来たときはいつも妻の墓とこの実家の墓の両方に詣でるのが習いだった。

今日は妻の実家に寄ることにして来ていた。用事が二つあった。一つは、できれば妻の弟に有川家の墓の後見を依頼しておきたい。そのためには有川の身体の現状を語ることになるだろう。

それともう一つは、妻が遺した指輪を渡しておきたい。この指輪は妻が妻の母からもらったもので、母はその母（妻の祖母）から譲り受けたものだと聞いていた。三十カラットの大粒の天然翡翠にプラチナの台が付いていた。明るい緑色で、妻が生前鑑定してもらったところ相当高価なものだと聞いた。石そのものは祖母の時代に中国で手に入れたものらしい。有川には宝石の価値は全く分からないが、妻の実家に伝わるものだから返しておきたいと思ったのである。

妻の遺品は、設計事務所を創設して住まいを変えたとき全て処分したのだが、この指輪だけはどこにいったか分からず気になっていた。ところが遺品の中で唯一手放し難くとっておいた妻の手文庫の中から最近見つかった。手文庫には昔有川が妻に出した手紙などが入れてあり、あけて見るのに気おくれがして中身を十分に確認していなかった。三箇月前、忘れず処分しておこうと取り出して書類の束をのけたら、その下から指輪が出てきたのである。妻がなぜこんな場所に指輪をしまっておいたのかは謎であった。

弟夫婦が住む妻の実家は、霊園から一キロ余り南西にある。霊園へはタクシーで来たのだが、好天で気持ちがよいので、有川はゆっくりと歩いて行くことにした。道はおおむね下り坂であるが、途中に登りもあり、すぐに息が切れた。胸が痛み咳の発作が来た。このところ咳の発作の間隔は短くなっている。有川は道端に立ち止まって休んだ。荒い息をゆっくりと深呼吸で静めた。やはりこの程度の無理もきかない身体になっていることをあらためて悟った。

妻の実家はこの地域の旧家で、市内にありながら百五十坪の土地を持ち、妻が生きていたころは古い家屋が建っていた。阪神淡路大震災でその家がつぶれ、今は現代風の木造二階建てになっている。これを建てるとき、耐震対策をどうしたらよいか、有川は相談に乗ったことがあった。

弟は大学を出てから定年まで市内の百貨店に勤め、今は資産と退職金と年金で悠々自適の暮らしをしている。毎日広い庭に出て趣味の野菜や花づくりを楽しんでいる。

作業服を着て今日も畑仕事をしている弟を、有川は垣根の外からしばらく眺めた。視線に気がついて有川のほうを見た弟は、前より少し老けたが相変わらず人懐こい日焼けした顔で、にこにこ笑いながら大きな声をかけた。

「やあ、にいさん、いらっしゃい」

有川は昔からこの弟の気さくな明るさが好きだった。

「こんにちは、ごぶさたしてます」

有川も微笑んで大きな声で答えた。

リビングに通されて座った。前来た時と室内の調度はほとんど変わっていなかったが、テレビが新しい大型の液晶テレビに替わっている。

弟夫婦とこうして会うのは三年ぶりである。久闊《きゅうかつ》を叙し、ひととおり近況を語り合った。彼らには一男一女があり、どちらも結婚して京都と大阪に居る。上の息子のほうは夫婦そろって京都で教員をしている。下の娘は嫁いで大阪の会社員の妻になっている。孫は合わせて五人、みんな元気だという。

細君が立ってキッチンからビールとつまみを運んできた。さっそく勧められたが、「いや、もうアルコールはだめになりました」

「あら、どうして?」

「身体が受け付けなくなりました。というか飲みたいという欲望がなくなってしまったんです」

「でもせっかくですから一口だけでも」

それをきっかけに有川は自分の病気のことを話した。

「実は今日はお別れに来たんですよ。三年前から肺がんで、すでに末期でね。近いうちにこの世を去ります。医者からはもう積極的な治療はありませんと言われました。今後は苦痛をやわらげるだけの手当をしてもらうことになっています」

弟は驚いて、

「そんな風に見えないけど、よほど悪いんですか」

「幸い重い症状は出ていなくて、体質的に薬の副作用も大したことなかったので、外見上は元気そうに見えているけれども、実はもう寿命なんですよ」

弟夫婦は無言で気の毒そうな顔で有川を見つめた。

「そこで今日はお願いかたがたお別れに来ました。お願いと言うのは妻の墓のことです。私が死ねば墓を引き継ぐ者はありません。これまでもいつも気にかけていただいていますが、どうか私の死後もよろしくお願いします」

「ええ、霊園には毎月一回私が出かけています。主人が庭で咲かせてくれたお花を持って、いつも二つのお墓にお参りしているんですよ。両方とも大切なお墓と思っています。だからおやすいことですからどうかご心配なく。私たちもだんだん歳を取っていずれはあのお墓に入りますが、その頃には息子が帰ってきてくれるでしょうから、あとを引き継がせます」

有川は感謝して頭を下げた。

次に、有川は上着のポケットから指輪を取り出した。ケースを開けて二人のほうへ差し出し、

「これを受け取ってください」と言った。

「まあ、大きな翡翠だこと」と細君が驚く。

「これは何ですか？」と弟が怪訝そうに尋ねた。

「ああ、これをご存じじゃなかったですか。この指輪は妻がお母さんから頂戴していたものです。おばあさんの形見で、この家に伝わる指輪だと聞いていました。早くお返ししなければならなかったんですが、どこにあるのか分からなくなって。きっと無くしたんだろうと思っていました。それが最近妻が遺した手文庫の中から見つかったんです。色んな書類の下にかくれていました。妻の遺品としても、もう私には要らないものです。だからこちらでお持ちください」

弟は指輪を手に取って一瞥し細君に渡した。細君は熱心に目を近づけて見つめる。

「分かりました。そういうことでしたら」と、弟は細君にうなずきながら言った。

有川はこれで二つの用事をすますことができた。ほっとした気分になり、しばらく歓談して辞去することにした。帰り際、弟は、

「もう一度必ず連絡をください。というより私のほうから又電話します。本当にお別れの日が来るのなら、必ず会いたいと思います」と言った。

電話でタクシーを呼んでもらった。走り出して、有川は車の中から後ろを振り返った。玄関前に弟夫婦が立って見送っていた。

「阪急御影駅の山側へ行ってください」と有川は運転手に告げた。

東灘区住吉町に、有川が妻と十二年間暮らした賃貸のアパートがあった。鉄筋コンクリート造四階建ての公団住宅である。四十年前に新築され、有川は結婚と同時に募集に当選して入居した。各戸六十平方メートルの典型的な2DKである。

十二年後に妻が死んで、さらに二年間有川はそこに一人で残った。その後会社を辞め、今の垂水区に設計事務所兼住居を建てて転居した。転居後は古巣を訪れることはなかったが、阪神淡路大震災の直後に車でアパートの前を通ってみた。妻の思い出のこもった建物の様子を確認しに来たのである。そのときアパートはもとのままの変わらぬ姿で立っていた。阪神淡路大震災の被害は、山と海にはさまれた細長い地形の海側の平らな土地のほうが大きかった。有川のアパートは山側にあって被害が無かったのである。

久しぶりにそこにやってきて、有川はタクシーを止めてアパートを見上げた。震災直後に来た時とは違って、南に面した外壁に耐震補強がなされていた。阪神淡路大震災で被害はなかったとはいえ、四十年前の建物は「新耐震」基準に適合しない既存不適格建物である。有川も自分の業務で耐震診断・耐震補強設計を行うことがあり、この種の共同住宅では、不足する耐震強度を建物の外壁面に鉄骨の枠付きブレース（筋違《すじかい》）を増設することで補うことが多い。

有川のアパートは、まさしくその補強が一階と二階に施されていた。そしてその補強工事と同時に行われたのであろう改装が外壁全体になされ、建物は震災直後に来た時よりきれいに見えた。

有川は自分たちが暮らしていた四階の西から二番目の部屋の窓を見上げた。昔の懐かしい生活が思い出された。

ここへ来たのは、そんな感傷と共に、この世の自分の痕跡に別れを告げるためであった。それは自分の人生に決着をつけることであった。心おきなくこの世を去る準備であった。そのために行きたい場所はここだけではなくいくつもあるが、その全てを訪れることはもはや不可能である。だから優先順位の一番にこのアパートに来たのである。

有川は運転手に頼んでアパートの近傍を徐行で一周してもらった。周りの環境は当時とは一変している。民家はたいてい建て替えられたり改装されたりしていた。隣接して大きなマンションが建ち、その一階にはカフェやしゃれたパン屋やコンビニが入っていた。ちょっと離れた場所の、妻とよく食べに入ったラーメン店は、構えは変わっていたが今もラーメン店として残っていた。店の名前が違っているので経営者は替わっているだろう。しかしそこにラーメン店があったことは嬉しかった。妻と一緒によく食べた味噌ラーメンの味を思い出した。

近隣の街の状態は大きく変化しているが、道や区画は以前のままなので、窓から外を見ながら、ここに住んでいた頃のたたずまいを脳裡によみがえらせた。

有川は運転手にもう一周してもらい、最後の別れを告げた。

別れを告げたい場所は近くにもう一つあった。東灘区から西へ約一キロ戻った灘区に立つ病院である。妻はそこで死んだ。あの日以後一度も訪れてはいない。当初は見るのがつらかったためであり、後にはなぜか近づきがたいものになっていたためである。

有川はタクシーを、病院へつづくなだらかな坂道をゆっくりと走らせた。前方に六階建ての建物が近づいてきた。外観は同じであったが、改装されて印象はずいぶんと異なっている。門を入ると、有川は運転手にそこまでの料金を支払い、駐車場で待っていてもらうことにした。車中雑談をしながら親しくなった運転手に、このあとも乗せて帰ってもらいたかったからである。

病院の建物内に入った。二十八年間で内部は一変していた。床も天井も壁も真新しく改装されて以前に比べて明るい。待合所や受付の配置が変わっており、設備が新しくなって、昔に比べてはるかに効率的に見える。ただ、今日は土曜日で午後は外来診療が休みなので、待合所や受付はひっそりとしていた。

出入りする人は入院患者の面会者であろう。家族風の人が多く、エレベーター前に数人集まっていた。有川もその人たちに混じって五階へ上がった。五階は昔と同じ婦人科病室である。妻の病室は五一二号室だった。その番号は今も忘れていない。有川はその部屋の前まで行ってみた。有川と妻が闘った部屋である。しかし今は、当然ながら見ず知らずの女性患者の名がかかっており、中から話し声が聞こえた。押さえた笑い声ももれる。

有川は何を求めてこの場所に来ているのか自問した。そして気づいた。無意識のうちにかつての痕跡を探しているのだった。廊下や入口や窓や設備など諸々の物と、そこにいる人たちの中から、自分の記憶にあるものを見つけようとしているのだった。それはもちろん感傷であるが、それ以上に自分の人生の過去に別れを告げるしるしを求めているのだった。有川は何度か廊下を行き来した。しかし院内は内装も設備も更新されていて、記憶に残る痕跡は発見できなかった。

ナースステーションの前に来た。数人の看護師がめいめいの仕事をしている。皆忙しそうに脇目も振らず働いている。どこの病院でも見られる同じ職場風景である。だからそれは現実のたった今の情景であり、二十八年前の痕跡ではない。

有川はふと入口に掲げられた名札を見た。「看護師長・仲田清実」とある。その名に記憶があった。妻の担当だった看護婦の名である。最後の夜に赤い液を流す妻の口を綿で拭き取り続けてくれた若い看護婦であった。確か当時新婚だと聞いた。その人が今は看護師長になっている。室の奥の机に着いて一心に書類を見ている人がその人であることはすぐに分かった。当時の面影がある。有川はしばらく看護師長をみつめた。

声をかける気はなかった。声をかければそれはたちまち「現在」になる。有川が欲したのは二十八年前の「過去」であった。それにはこの名札で十分であった。確かにここが妻を看取った場所であることの証しであった。

有川はそれに満足した。一階へ下り、駐車場へ向かいながら、有川は振り返って病院に最後の別れを告げた。

第三章

　あくる日曜日、有川の事務所は休みである。毎週土曜、日曜は原則休みとしているが、仕事が忙しい時は出勤して仕事をすることがある。このところ多忙で、最近の土曜日は出ることが多かったが、昨日は有川が不在だったので三人とも休んだ。久しぶりの土曜休日だった。森さんは昨日と今日、最近手不足気味の次女のカフェを助けに行くと言っていた。カフェは開店してまだ一年ほどだが、軌道に乗るまでには苦労が多い。人件費節約のためパートの人数を切り詰めているので、繁忙時間にはどうしても手不足になるらしい。いっぽう中島は、二人の子と妻への家庭サービスをしますとのことだった。

　有川は昨日の行動疲れのせいか、朝から体調が良くないことを感じた。咳の発作が出て薬を呑んだ。食欲がなく、朝食を用意するための台所に立つ気もしなかった。

　有川の食事は、事務所が休みの日以外は森さんがつくってくれる。休みの日の分も、前日に下ごしらえをしておいてくれることが多い。しかし昨日は森さんも休みだったのでその用意はなく、自力でつくらなければならない。有川はあらためて森さんのありがたさを感じた。そしてこのさき終わる日まで、食事だけではなく様々なことで森さんを頼るしかないと思った。

森さんの自宅は事務所から徒歩で十五分ぐらいのところにある。もと酒屋だったので前面のつくりがそれらしくなっているが、夫の死後商売をやめてからもそのままにしている。森さんにとっては亡き夫が遺してくれた大切な家だった。二人の娘は結婚して家を出たので、今はその木造二階建ての三十五坪の家に一人で暮らしている。建物は古くなったが、森さんがていねいに手入れしているので傷んではいない。

森さんが有川事務所に来るようになってから二十年が経つ。初めて来たときが四十歳だったから今は六十歳である。有川とは九歳違いであった。夫を亡くした森さんと妻を失った有川は共に独身であったが、男女の関係は生じなかった。有川にその気がなかったし、森さん自身が何よりも貞婦だった。二人の娘を嫁がせて一人暮らしになってからもその姿勢は変わらない。今も毎日亡き夫の仏壇に線香を上げている。

中島が入るまでの五年間は、森さんの仕事は、書類のコピーや清書や製本などの事務と電話番、得意先や役所への使い、それに室内の掃除が主だった。みんな建築設計事務所の様々な雑用である。おかげでその分有川は自分の仕事に専心することができるので重宝だった。

森さんのあと五年後に中島が入ったとき、有川は個人の事務所を有限会社に変えたが、それからは経費の出納、社会保険の手続きや税金の計算などが複雑になり、酒屋での経験が生きて、それも森さんの仕事に加わった。

それとともに、一人暮らしの有川の私生活にも、森さんの助けが入るようになった。妻が死んでから、有川は炊事、洗濯、掃除などの家事を一人でこなしてきたが、いつしか森さんが手伝ってくれるようになった。

「もしよろしければ私がやっておきますよ」

そう遠慮がちに言って、初めて二階の住居の掃除を引き受けてくれたのは、森さんが入って三年ぐらいの頃だった。本業の仕事が忙しく家事がおろそかになっているのを見かねて、森さんのほうから申し出てくれたのである。乱雑になっていた有川の居室がたちまち片づいてきれいになった。

それをきっかけに、だんだん洗濯や食事の用意まで森さんを頼るようになった。どんな用事を任せても、森さんの仕事は完璧で無駄がなく、それゆえに有川の私生活は森さんに完全に依存するようになった。それは、まるで有川が何年かぶりに再婚したかのようだった。しかし森さんは、有川との関係に一線を画しそれを守った。どんなに晩くなっても、森さんはけっして泊まることはなく、必ず自分の家に帰って行った。有川との会話も主従の間柄を逸脱することはなく、礼儀をわきまえることを忘れなかった。有川も、そういう森さんとの関係を好ましいものとして尊重した。

有川は、自分の死後この事務所をどのように森さんと中島に引き継いでもらうか、早急に記しておかねばならないと思った。同時に、多くはないが有川が持つ資産の遺贈についてもまとめておく必要がある。それには遺言書をつくっておくことが有効であることは分かっていたが、何となく延び延びになっていた。というのは、有川には妻子がなく、親兄弟は死んでいるので法定相続人がなく、相続してもらいたい人は森さんと中島に限られ、それならば書面に残す必要はなく、二人と話し合って決めておけばよいと考えたからである。とは言っても、その内容は整理しておかねばならない。

創設以来二十五年間、事務所の経営はほとんど危機はなく無難に過ごしてきた。その要因はひとえに有川に欲がなかったことである。もともと、妻の死後残りの人生を気楽に送ろうと始めた商売であったから、職業として唯一自分にできる仕事を選んだにすぎない。生きていければよいわけで、事務所を拡大する意図もなく、金儲けに走る欲望もなかった。それが結果的に有川事務所の堅調な経営につながったのである。

有川はいつか本で読んだあるコラムリストの「生きることは死ぬまでのひまつぶしだ」という言葉に同感している。また、別のジャーナリストの「なぜ仕事をするのか、それは他の何かをするよりもそれが一番マシな行為だからだ」という言葉に共感を覚えている。それはペシミズムである。有川の内奥には人生への諦観があった。有川の会社経営には暗黙のうちにそれが顕れる。

有川は、森さんにも中島にも惜しみなく収入を提供した。

有川事務所の給与は同業の小規模構造設計事務所に比べて高いほうである。中島の月給は年齢掛ける一万円、森さんの月給は中島プラス五万円である。加えて売り上げに応じて年二回の賞与を出す。それで森さんも中島も満足している。いっぽう有限会社であるから有川も会社から給料を得ているが、それは森さんと同程度で、多くない。有川自身がプライベートな支出を多く必要としないからである。結局、五つの得意先から受け取る設計料は、会社の運転資金をのければ、残りを全部三人で分配する結果になっていた。この水準を維持するためには、毎年四十万円程度の売り上げ増が必要になるが、この数年は達成できている。

長年の誠実なつきあいで五つの得意先との関係は良好であった。金のことでもめることはほとんどなかった。

建築士事務所の設計報酬は、国土交通省告示で基準が定められているが、小規模事務所ではその基準どおりに設計料が決まることはまずなく、半分程度で落ち着くのが実情である。有川事務所もその例にもれないが、幸い五つの得意先からかわるがわるコンスタントに仕事の発注があるので、有川事務所としてはそれで十分であった。料金は建物の規模、構造、設計の難易度をパラメーターにした独自の算式で額を決めているが、他の同業事務所より控えめで、それが得意先の好感を得ているようであった。

有川は社会に出てから四十数年、建築の構造設計という仕事を一筋にやってきた。それしかできなかったからでもあるが、元来この仕事が好きで、学校を出て会社に入ったときから配置希望は構造設計部であった。

四十数年前の構造計算といえば、計算尺とそろばんを使う手計算だった。そのため、その時代は計算を効率化するための手法が開発されていて、ラーメン応力の計算には固定モーメント法やD値法、トラス応力の計算にはクレモナ図解法、柱梁の断面計算にはノモグラムなどが必須のツールになっていた。その後卓上計算機（電卓）が普及して計算尺とそろばんにとって代わるが、計算方法そのものは変わらなかった。すなわち構造計算というものが始まって以来の長い略算法の時代であった。

大きな変化は電子計算機（コンピューター）の登場である。現在のような小型のパーソナルコンピューターが普及するのはずっと後年のことで、当初はIBMや東芝や日立の汎用大型計算機であった。その出現に合わせて、大手のゼネコンや大設計事務所が、業務の様々な分野でプログラムの開発に乗り出した。事務系ではCOBOL、技術系ではFORTRANというプログラム言語が用いられた。各社の構造設計部門では専門のプロジェクトチームが編成され、構造計算の電算化が進められた。その結果、構造計算を一貫してコンピューターで行える時代が到来することになった。

さらに、集積回路や記憶素子などの電子部品の急速な発達に伴なうコンピューターの高性能化、小型化が革新的に進み、それに伴ないソフト開発を専門に行う会社が誕生して、構造計算プログラムを市販するようになった。その結果、大企業のみならず小規模の事務所でも、パソコンで構造計算を一貫して行える時代になったのである。

有川のように、計算尺とそろばんからパソコンに至る四十数年の構造計算の歴史を知る者には今昔の感がある。

この計算技術の進歩に伴ない、建設技術も向上の一途を辿ってきた。より詳細に、より速く構造計算ができるようになると、変化する社会の要請もあって、建物の構造はより大きく、より複雑になった。それまでは計算が不可能で手を出せなかった構造形式の建物が市井の技術者でも設計できるようになった。それに併せて、構造材料の高強度化や新材料の開発が進み、斬新的でアクロバチックな形態の建物も可能となった。

設計および施工技術の発達とともに、耐震技術の高度化も進んだ。地震のたびに被害の原因が究明され、防止方法が研究された。その成果は次々に建築学会等で報告され、逐次耐震法規に反映されていった。必然的に、構造計算はより細かく、より精密に行わなければ法を満足しなくなった。法制度がコンピューターの使用を前提とするものになったと言える。その結果、もはや構造計算は手計算では不可能になり、コンピューターなしではできない仕事になったのである。

姉歯事件はそんなコンピューター時代がもたらした不幸な事件であったと有川は思っている。事件の対象となった物件は高層マンションである。なぜ高層マンションで偽装が行われたのか。いや行わざるを得なくなったのか。そこには、構造計算を受託したものの完遂できず、発注者からの物量低減と時間短縮の要求に耐えきれないで、安易な偽装に走らざるを得なくなった構造屋の悲しい現実が見える。

マンションは法的に限られた高さの中に、できるだけ多くの戸数を確保することで、デベロッパーの利益が増大する。九階建てよりも十階建て、十階建てよりも十一階建て、さらにその上というふうに階数はどんどん大きくなる。しかし環境や敷地周辺の条件により法的な建物の高さは制限されるので、限られた高さの中に多くの階をおさめるには各階の高さを小さくするしかない。階の高さを縮めても居室の天井高さは一定の寸法が必要である。そこでそのしわ寄せが各梁のサイズにかかってくる。すなわち梁の高さを縮小せざるを得ない。その結果、所定の強度を確保するためには過大な鉄筋量が必要になる。そしてついには限られた梁サイズの中に鉄筋がおさまらなくなる。

普通の構造設計者は、その状況で悪戦苦闘して鉄筋をおさめていく。それには技術と能力と経験と根気が必要であるが、ある日、一人の構造屋が安易な手段でその苦しさから逃れる方法を採用してしまった。すなわちコンピューターに入力する荷重のデータをごまかし、鉄筋が少なくても安全であるかのような結果を出したのである。それは一種の逃亡であるが、彼はそれによって構造設計料を稼いだ以上の巨額の利益が得られたわけではない。むしろ単に発注者からのプレッシャーに負けたのである。彼の能力の限界を超えたわけで、それだけコンピューター時代の細かすぎる構造計算が、難しいノルマを人間に強いたと言える。

当時の建築確認検査は厳格ではなかったのでそれでも通ってしまった。なぜなら、構造設計者はそのようなごまかしをしないものという性善説に立っていたからである。

事件の顛末はマスコミ報道によって世間に知られ、社会問題となった。偽装はマンションだけではなく高層ホテルにもあり、全てが明るみに出て、構造設計者のみならず偽装建物に関与した人々がそれなりの処罰を受けた。

有川は自らが構造設計者の一人として、巻き添えになった周辺の人々を気の毒に思っている。建物の発注者であるデベロッパー、建設を請け負ったゼネコン、意匠設計を受注した設計事務所、不正を見破れなかった確認検査機関など、それらに属した人たちである。彼らは直接法を破ったわけではなく、それぞれの立場で自分の利益が増すような要求を構造設計者に出すか、あるいは当時は許容範囲でもあった不注意の過失を犯したにすぎない。加害者と被害者に分けるなら、どちらかといえば被害者と言えなくもない。もちろん最大の被害者である建物所有者には較べるべくもないが、社会的生命を抹殺されるほどの悪事であったとは思えないのである。要するに、沸騰してしまった世間の不安を鎮めるために、過度に懲罰的なみせしめが行われたのではないかと有川は感じている。

同時に、事後の建物の処分方法にも有川は疑問を抱いている。構造計算の偽装のために強度不足とされた建物はことごとく解体されたが、果たしてそれが最善であったか、社会資本の損失ではなかったかと考えるのである。建物の必要耐震強度は、各階にかかる上部の総重量に比例するから、丸ごと解体しなくても、最上部の何階分かを撤去すればよいケースがほとんどであった。たとえば十階建てのマンションの一階で二割の強度不足があるなら、上部の二階分を除去して八階建てとして活かすという方法があった。もちろん区分所有者の権利問題など難しい課題はあるが、検討の余地があったのではないかと今も思っている。そもそも耐震強度不足を言うなら、新耐震基準ができる前の不適格建物はまだ何万棟も残っているのである。

いずれにしても、この構造計算偽装事件は建築構造設計の歴史で衝撃的な出来事であった。構造設計者の信頼が失われ、建築士制度の危うい問題点が明らかになった。建築士資格は、色々な国家資格の中で最も試験レベルが低く最も合格率が悪いと揶揄《やゆ》されることがある。確かに、医師や弁護士や計理士や税理士などに比べて、受験勉強はそれほど過酷ではなく、したがって必要年数に達したら誰でも受験できて、そのために合格率はかなり低いという傾向がある。そのかわり建築士の社会的地位は高いとはいえない。その意味で安易な偽装に走る人間が出てくる土壌はあったかもしれない。

二〇〇七年の建築行政の改革による適判制度と構造設計一級建築士制度の発足は、この事件で失われた信頼を回復させるためのものであった。そのおかげで、新制度下においては構造計算の信頼性は担保されているものと考えられている。しかしこの制度も長年続けばマンネリ化して効力が低下することは否めないだろうと有川は感じている。

最近は適判から返ってくる質疑や指摘事項が画一化してきている。適判機関には判定用のチェックリストがつくられ機械的に審査されていて、重箱の隅をつつくような形式的な指摘が目立つようになった。それは設計者側が審査内容に慣れ、初めから指摘を受けないような対策を講じるようになったためでもあるが、適判機関としては何らかの指摘をしなければ料金に見合った仕事をしていないと思われるのを避けるためか、結果的には設計内容に何も影響を及ぼさないような指摘が多くなっている。

適判機関は国土交通大臣や都道府県知事の認定を受けた民間の機関であるため、申請者から受け取る手数料で経営が成り立っている。今のところ破綻した機関はないが、運営はけっして楽なものではないだろうと思われる。

適判員は大手ゼネコンや設計事務所、大学や役所のOBが多いが、彼らも歳を取り最近は世代交代が必要になってきている。また、制度が発足した頃は一つの物件は必ず二人の適判員が審査しなければならないことになっていたのが、建物の規模がよほど大きなものでない限り、今は一人の審査でよいことに変更されている。発足時は、「ピアチェック」と称し、仲間によるチェックを相互に行い合って、偽造や誤りをないものにしようという理想が語られていたが、徐々にその意義や内容が失われたり忘れられたりして、形ばかりのものになっていっているおそれがある。

いずれ適判制度も改革が必要になるのではないかと、有川は推測している。

有川は四十数年の構造計算の歴史を体現してきた人間であるが、構造設計技術者は二種類に大別されると考えている。すなわち、計算尺とそろばん、それに続く電卓による手計算の時代を経験した者と、初めからコンピューターによる構造計算に入った新しい人々である。有川はもちろん前者であり、そのほうが優れた構造屋であると思っている。理由は、手計算時代の経験がバランスの良い合理的な構造設計につながると考えるからである。

いま、一例として四階建てで四十戸のアパートを想定してみると、建物は十三の架構で構成され、四十四本の柱、百九十五本の梁、八十枚の床、四十四枚の耐力壁、四十四箇所の基礎が存在することになる。トータルの部材数はほぼ四百である。手計算でこの全ての部材を計算すると、膨大な時間を要し現実的ではない。そこで手計算では略算が必要になるが、ここで言う略算とは、各部材の計算を簡略にするという意味ではない。計算尺でできる誤差百分の一の計算も、コンピューターでできる誤差百万分の一の計算も、実用的には同じ結果となり、共に正しい計算である。そうではなく手計算でする略算とは、四百の部材から代表的な百の部材を選んで計算し、残りの三百は百の部材にならうということである。すなわちサンプリングを行って他は同じとみなす。これが手計算時代の構造計算である。

ではこれで建物の安全は保証できるのか。できるようにするのである。四百の部材からどのように百を選び出して残りの三百の安全を確保するか。それを確実に行うのが手計算時代の構造設計者の力量と言える。古い構造屋は常にその眼力を養った。建物全体を俯瞰《ふかん》的に観察し、どの部分をどのように計算すればよいかを考え抜いて、構造計算を完成させたのである。

現在のコンピューター時代ではそんな必要は全くない。データを入力してコンピューターにかければ、四百の部材が誤差百万分の一で須臾《しゅゆ》のうちに計算できる。正確無比である。紙に印刷した構造計算書はコンピューターのアウトプットだけでも数百ページに及ぶ。いわば何もかも力任せに計算してしまう手法である。結果を構造図面に表現し施工すれば安全な建物が構築できる。これが現在の構造設計である。膨大な量の計算を一気に行えるので、架構の構成や部材の配置を様々に変えてシミュレーションができる。建物の規模はどんなに大きくなっても、大量の計算を最少の時間で処理できるのがコンピューター時代の特徴である。

しかしこのようなコンピューターのメリットを活かすには、使う人間の総合的な能力が必要である。コンピューターは与えたデータに対して忠実に計算を行うが、そのデータを決めるのは人間であり、それが適正でなければ結果は最適とはならない。コンピューター時代といえども主役が人間であることは変わりない。コンピューターの使用者が有能な構造設計技術者でなければならないゆえんである。今のところそれには手計算時代の熟練がものを言うと有川は思っている。

十五年前、中島が有川事務所に入ったとき、だから有川は手計算による計算を徹底的にやらせた。固定モーメント法やD値法によるラーメン応力、クレモナ図解法によるトラス応力、ノモグラムを使った梁・柱断面計算を指導した。手計算の基本を習得させたのである。持ち前の卓越した暗算能力のおかげで、中島はみるみるうちにその能力を身に着けた。その成果がコンピューター時代の今に役立っている。今では実力的には有川にひけをとらない構造屋になった。むしろ若いだけに仕事量は有川を凌駕《りょうが》している。あとは早く構造設計一級建築士の資格をとって名実ともに事務所を背負う構造屋になって引き継いでもらわねばならない。

リビングのソファーに横になって午前中を過ごし、やや体調が戻ったところで即製のポタージュスープとトーストを口に入れて栄養の補給をしたあと、有川は一階の事務所へ下りた。誰もいない二十五坪の室内は空気が動かず静寂に包まれていた。

建物は垂水区の高台の斜面地にある。北側は視界が広く、第二神明道路の高架が三百メートルほど前方に走っている。窓を開けるとかすかに高速道路の騒音が入ってきた。今日も良く晴れている。窓を背にして室の北面中央にある。中島は有川の左前、森さんは右前にカウンターのほうを向いて席がある。室の東面は連窓で東南の隅の入口とカウンターのあいだに接客用の卓とソファーを置いている。室内は三人の席の中心に、図面を広げるための大きめのテーブルと椅子を配している。仕事の打ち合わせはそこで行う。室の西面に便所と湯沸し室、倉庫、西面壁に沿ってコピー複合機とキャビネットが並んでいる。

この形に落ち着いて十五年になる。有川は席に着いていつも見慣れた室内の配置を眺めた。窓の外の風景も、室内の姿も、目になじんで久しい。ふと、ここを去る日が近いことに思いが及び不覚にも涙がにじんだ。人前で涙を流すことはほとんどない。テレビ等で人が泣くシーンがあると目をそむける。それは自らを顧みてどんな涙にも否応なく含まれる快感に羞恥を感じるからである。しかし今は誰もいず、有川は涙がにじむにまかせた。

死が近づいている。では死とは何か。有川にとっては少年時代から考え抜いたテーマである。人間は無数の細胞が偶然の集合でできた個体であって、死とはその解体である。生まれたことが偶然であり、無に帰することもまた自然現象である。そういう解釈は、少年の頃、死によって自我の意識が消滅する恐怖に打ち克つために、自ら導き出したものだった。要するに、死とはなんでもない自然のことであって、毎夜眠りにつくことと変わりはない。これは誰もが持つ平凡な認識と変わりないが、有川はそう自分に思い込ませることで決着をつけてきた。詩人も言っている。「塵に還《かえ》ればとて塵より生まれたものではないか」（バイロン）と。

休日の室内で、自分の席に着いた喫緊の用向きは、自分の死後の、事務所の継続と資産の処分について整理して書き記しておくことだった。有川はパソコンを起動し、ＷＯＲＤをひらいた。新規文書の文頭に［覚書］と記す。

先ず事務所業務の継続のことから書き始める。

①有限会社有川建築設計事務所の代表取締役は森静子に交替する。自分の死後は彼女が経営者となる。彼女はこれまでの実績で事務所のことを熟知しており、得意先、外注先、業務内容、事務および会計の内容に精通している。事務所の継続を考えればこれが最適と考える。ただし

森さんには建築構造設計の専門知識と技術がない。これは彼女がもともと建築技術者ではないのでやむを得ない。しかしこのことは建築構造設計事務所を経営していくうえで今後小さくない弱点である。

②建築構造設計の専門業務は中島潔が受け継ぐ。彼はその点で十分の能力があるので、その技術管理のもとで設計品質の劣化はないと考えてよい。ただし自分の死後は事務所全体の処理量が六割ぐらいに落ちるので、量的な弱体化は免れない。したがって発注される仕事量をこなすためには当面は外注に頼るしかない。外注はこれまでもあったが、必ずしも有用な外注先を確保できているとは言えないので、新たな外注先を開拓するか、さもなければ受注量を減らすしかない。その場合は信頼してくれている得意先に迷惑をかけないようにすることが肝要である。

③早急に確保しなければならないのは、構造設計一級建築士の資格である。これが無いと法制度上一定規模以上の構造設計ができなくなるので、事務所の存続にとって最重要である。今年度に受験を予定している資格認定試験で中島が合格する必要がある。過去の試験内容とレベルをみれば中島が落ちる確率は低いが、彼は若干気が弱いところがあるので心配がないことはない。しっかりと準備はしているはずだが、プレッシャーに負けることがないよう中島を督励しておくことが大事である。

④自分が亡き後の事務所がこれまでと同様の活動を続けるためには、量的な弱体化をカバーするため、早い段階で構造設計技術者の増員が必要である。即戦力の専門家を獲得できる可能性はきわめて低いので、かつての中島のような若い人材を見つけて育てるしかないであろう。しかし今の自分には長期を要するその役割をになう余裕はないので、将来の課題として中島に委ねるものとする。もし自分の余命において可能なら、とりあえず新人の選択採用に関与できるかもしれない。心当たりの知人に当たってみてもよい。

⑤得意先のことも記しておかねばならない。有川構造設計事務所の現在の得意先は竹下の所属する摩耶建設と意匠設計事務所三社および不動産会社の計五社である。いずれも長年の信頼関係ができている。全体の受注量の六割は摩耶建設と意匠設計事務所A社である。処理量の低下を考えると、今後はこの二社を中心に受注を続けることになるだろう。他の意匠設計事務所二社と不動産会社からの受注は、自分が亡きあとは徐々に縮小していくほかない。その三社にはなるべく早いうちに事情を説明して、他の構造設計事務所に発注を振り向けてもらえるよう話しておくことにする。ただし将来マンパワーが復したら再び受注がもらえるよう取引関係は維持しておかなければならない。

次に、事務所資産の相続について書いておく。

⑥有限会社有川建築設計事務所の資産は、土地・建物と什器類、ＯＡ機器、パソコンとソフト、それに預金である。その中で土地は会社所有だが、建物は一階事務所が会社所有、二階住居は有川の個人所有になっている。有限会社にしたときにそのように振り分けた。二十五年前に借りたローンは十年前に終了している。土地の半分以上は約二十度の急な斜面地で、建物は鉄骨組に木造床壁を組み合わせた簡易な形式であるため、不動産としての価値は低く、毎年納める固定資産税は土地建物合わせて十五万円弱にすぎない。いっぽう預金も大したことはなく七百万円ぐらいであろう。そのかわり借入れ金等の負債は全くない。これらの会社資産はそのまま会社のオーナーを引き継ぐ森静子が相続する。

最後に有川自身の個人資産である。

⑦有川佑介の個人資産は、建物の二階部分三十坪の住居と預金である。預金は事務所の預金と同程度で七百万円ぐらいであろう。これらは中島潔に遺贈したい。中島は現在賃貸のマンションに家族四人で暮らしているが、自分が亡きあとはここへ引っ越して居住することを勧める。遺贈に伴なう税金等の費用は預金で充当できるであろう。不動産と預金以外には価値のある資

産はない。わずかに兄が七年前に死んだとき引き取った趣味の切手集があり、これは兄が子供の時から蒐集したもので膨大な量になっている。中には希少価値のものもあるらしいが自分には分からないので、処分は中島に任せることにする。

⑧もう一つ、有川自身の生命保険金がある。十五年前に加入したもので、一千万円である。勧誘に来た保険会社の口車に乗せられて何の気なく契約したものだが、今となっては役に立つ資産である。受け取り人は森静子。これはそのまま森静子が相続する。

ここまで書いて、有川はＷＯＲＤの画面をながめた。書いてみると内容はすこぶるシンプルである。頭の中で考えているうちはあれこれとまとめるのに苦労すると思っていたが、こうして箇条書きにしてみると単純明快である。あとは、二人にこの内容で引き継ぎの説得を行うことになる。読み返すと、なんだかそれも簡単なことのように思えてきた。有川は安堵し、一仕事を終えた満足感を覚えながら、ＷＯＲＤを終了してパソコンを閉じた。

再び二階に上がってソファーに横たわり、室内をながめた。家具、電気製品、寝具、衣類、食器、書棚と本、ラックとＣＤ、ＤＶＤ、その他諸々の物品が身の回りにある。この家を建てたときからたまったものである。いつのまにか大量になった。自分にとっては必要なものであっても、他人には無用のものである。しかしこれらを整理して処分するための体力は有川にはもうありそうにない。処分はあとの者に委ねるしかないだろう。そう思ってあらためて見ると、身の回りの日用品がもう自分のものではない廃品になったように見えてきた。

ただ他人に処分を任せられないものがある。日記、手紙、手帳のたぐいである。古い日記には、若き日の有川の、今では皐月内科医院の院長夫人になっている下房恵美《しもふさえみ》へのいちずな恋がつづられている。またそれから後年の、若くして病没した妻への愛と、二人で闘った闘病記録が記されている。その亡妻の残した手紙や書きつけもある。これらは身体が動くうちに自分で処分しておかねばならない。いずれも我が人生の記録であるが、自分と共に滅びていくべきものだろう。そのうちの一部は一緒に火葬してもらうのがよいかもしれない。あの世へ持って行くという意識はないが、最後まで自分と一体であってほしいと冀《ねが》う。

その際には、特別に愛読した本を入れてもらえるようにしたい。読書は有川の密接な生活の一部であった。その中で、最も愛した著者の数多くの作品から一冊ずつ選ぶとすれば、ニーチェの『ツァラトストラ』、五味康祐の『一刀斎は背番号6』、山本夏彦の『日常茶飯事』だろうか。いずれも繰り返し読んだ本である。

「投手は真向から直球を投げた。ボールは、観衆の敬虔な祈りに充ちた空を、はるかに左翼へ消えた」。昭和三十×年、来日した米大リーグ選抜軍メンドル投手の剛速球を日本武士道の申し子一刀斎選手が、一度の空振りのあと手ぬぐいで目隠しをして打ち返す最後のシーンである。

「観衆の敬虔な祈りに充ちた空」というところに、戦争に敗れてもなお誇りを失わない日本人の魂を感じて、有川は読むたびに感動する。自分はあたかも一個のボールのようにこの世から去っていくだろう。

そんなことをうつらうつら考えているうちに、有川はソファーの上でいつのまにか眠ってしまった。

第四章

週が明けていつものとおりの月曜日が始まった。

朝一番に三人で打ち合わせテーブルに着く。森さんはすでに一時間前に出勤してきていて室内の掃除を終え、テーブルにコーヒーを並べている。

毎週最初の出勤日には、先週一週間の各々の業務内容を報告し合い、今週の予定を確認する。一室にいる三人の仕事はそばにいて互いに分かっていても、週の初めに会合するのは長年の恒例になっていた。

最初に中島から、今担当している物件の構造計算の進捗状況と外注に出している物件の構造図の完成予定、それに先週適判から来た加工工場の質疑事項への回答内容を報告した。

「適判への回答書はこのようにまとめました。鉄骨屋根と鉄筋コンクリート床の水平剛性の違いは二つの剛床に分けてゾーニング法で再計算してみました。結果は問題ありません」

有川はその報告書に目を通し、

「うん。これでいいだろう。さっそく宅配便で適判へ送っておいてくれ」と答えた。

適判対応も数多く経験するうちに当初ほど手間がかからなくなった。

森さんからは先週の入金、出金の概要、近く変更される社会保険の内容の説明、それと用紙、トナー、文具の補給について要請があった。いずれも特に問題はなく、有川は無言でうなずいて承認した。

有川からは、現在行っている不動産会社から委託の木造三階建て住宅の構造計算の状況を報告した。この三箇月ほどは、有川は小物件を主に担当し、大きな物件は中島に任せていた。小規模の木造建物は、二階建てまでは法的な構造計算は不要で三階建てから必要になるが、もっぱらその仕事は有川の専任になっていた。

「先生、それで、お身体の具合はいかがですか」

三人の一通りの報告と簡単なディスカッションが終わると、森さんが早速有川に問いかけた。中島も真剣な顔つきで有川を見つめている。先日森さんに伝えた病気の現状は中島にも伝わっていた。

「そうだな、今のところは大丈夫だ。しかし今後のことは分からない。それについて、きみたちと話し合っておきたいことがある。ゆっくり時間をとりたいので、週末の土曜日の夕方にいつもの店の予約をとっておいてくれないか。森さん、頼みます。料理はきみたちの好きなものでよい」

有川は食事をとりながら、事務所の今後のことを二人に託したいと考えていた。内容は昨日

ＷＯＲＤに記したものになる。

会合が終わったとき、待っていたかのように電話が鳴った。森さんが取る。

「先生、竹下さんからです」

受話器を取ると、摩耶建設の竹下の声がややあわただしく有川の耳にとびこんできた。「先生、ちょっと困ったことが生じましてね。西宮の介護付き老人ホームの杭のことなんですが。今からすぐに伺います」

「困ったことというのは？」

「杭が支持層まで達していないのではないかとオーナーからクレームが来てるんです」

「ああ、それは事前に十分検討したはずでしょ。それで先週杭打ちは無事終わったんじゃなかったですか」

「そのとおりです。杭頭の実測データはＥメールで今朝一番に先生に送らせてもらいましたが、それについては誤差は小さく問題なかったんです。ところが、クレームというのは杭頭のことじゃなく杭先端のことなんです。支持層が確認できていない杭がありました。電話じゃ精しく説明できないので、今からお伺いします」

竹下はかけてきた時と同様あわただしく電話を切った。

問題の介護付き老人ホームというのは、三箇月前に構造設計がすんで（有川自身が担当した）、確認検査も終わり、直ちに着工した物件である。設計・施工一貫で受注した摩耶建設が、意匠設計を別の事務所へ、構造設計を有川事務所に委託したものであった。建築主は、最近この種の施設を低コストで近畿の各地に建設し、福祉事業で急成長している総合商社の子会社である。摩耶建設は前からこの会社への営業活動を続けていて、今回は土地を紹介することで初めて受注できたという。しかしそのためにかなりのコストダウンを強いられた。設計・施工一貫といえば聞こえはいいが、摩耶建設の設計課は少人数の渉外担当ばかりで、外注管理はできても総合的な設計を行う能力はない。そんな会社へ設計も含めて発注するのは、デザインが型通りで仕様が標準化されているので、一流の設計事務所に委託する必要はなく、設計にかかる費用を節減できるからであった。それでも設計過程では内容に厳しく注文を付けたうえ、監理は他に任さず建築主側が担当している。

高齢化社会の到来で、老人用の施設が増えた。以前は行政が提供する施設が主であったが、年金制度と介護保険制度の充実で、老人自身の費用負担が可能となり、民間が参入して様々な形の共同住宅やサービスセンターが急増した。背景には団塊人口の高齢化に伴なう需要がある。したがって建物は彼らが亡くなるまでの二十年ないし三十年の耐用年数でよいとされ、建設コストは可能な限り押さえられる。デザインは一見高級ふうにつくられるが、できるだけ金のかからない仕様になっている。

今回の建物は鉄骨造四階建てで、東西四十メートル、南北二十五メートル、延べ三千五百平方メートルの規模を持ち、柱が三十本、各柱に直径七十センチの既製コンクリート杭が一本ずつ設置されている。建設場所は西宮市の北部、廃業したゴルフ練習場の跡地を利用した敷地である。この土地を摩耶建設が斡旋した。

丘陵と平地の境に、十年前に盛土をして造成された土地であったため、表層地盤の強度がなく、杭打ちが必要であった。昔の地形に谷を含んでおり、杭を支持する堅い地盤の深さが敷地内で変化していることが予想されるため、ボーリングによる地質調査を五箇所で行った。その場所は長方形の建物の中心に一本、四隅に一本ずつの計五本、麻雀牌の五筒の形になるように有川が決めた。

調査の結果、予測どおり支持地盤の傾斜がみられ、西側の二本と中央の一本の間で五十センチ、中央の一本と東側の二本の間で二メートルの差があった。つまり支持層は中央から東へ急な下り斜面になっていることが分かり、さらに東側の二本の間にも五十センチの差があることが分かった。最も浅い支持層の深さは西側の二本で八メートル、最も深い支持層の深さは東南隅の一本で十一メートルである。普通一つの建物の中でこのように支持地盤が変化するのは珍しい。たいていの建物では支持地盤の深さはほぼ一定である。

支持地盤の変化する建物では杭の長さの決定に神経を使う。杭が支持層に達することは必須であるが、かと言って杭を不必要に長くするのは不経済になるからである。有川は設計に際し、支持地盤の等高線図を描いて、安全側になるように注意しながら、基礎底面に打つ杭の長さを慎重に決めた。その結果、最も浅い西側で九メートル、最も深い東南隅で十二メートルと定め、中間は十メートルと十一メートルの計四種類とした。細かく分けると、九メートル杭が十本、十メートル杭が十本、十一メートル杭が六本、十二メートル杭が四本の計三十本である。有川はこれで全ての杭が確実に支持層に達すると確信した。

杭は摩耶建設から杭メーカーに発注され、杭打ち工事はメーカーグループの子会社が担当した。工法は、プレボーリング拡大根固め工法と呼ばれ、既製コンクリート杭の工法として現在最も一般的なものである。最初にオーガーマシンという掘削機で所定の位置に孔を掘る。必要な深さまで達すると先端の掘削用スクリューを開いて孔の底部を拡大し、そこへ根固め液となるセメントミルクを流し込む。次にオーガーマシンを引き抜いて杭を建て込み、位置と深さを固定したまま、先端の根固め液が固まれば完成である。杭先端に瘤状のかたまりができ、支持層へ荷重を確実に伝えることができる。この工法は杭の位置および深さの精度がよく、誤差は両方とも通常五センチ以下である。

かつて戦後復興期から高度成長期まで、杭は「打ち込む」ものであった。今も杭は「打つ」という表現を用いるのはそのためである。やぐらを組んでモンケンというおもりを杭頭に落下させたり、ディーゼルエンジンによる大型の打撃ハンマーで杭頭をたたいたりして、物理的な力で杭を「打ち」込んだ。当時はあちこちでこの槌音がひびき、経済成長の息吹を感じさせた工法である。しかしこの工法は騒音と振動の環境問題を引き起こし、付近の住民の人権侵害にかかわるため、現在ではほとんど使われなくなっている。

この打ち込み工法の良いところは、先端が支持層に届いていることを直接確認できることである。打ち込みを始めると、最初は打撃によりずぼずぼと杭が入っていくが、支持層に達すると急に沈下が止まり金属的な打撃音に変化する。それによってまちがいなく杭が支持層に達したことを知ることができる。

この「打ち込み」工法に対して現在の工法は「埋め込み」工法と呼ばれる。孔を掘って、その孔に杭を埋めることからそう言われる。無音無振動工法として様々な方法が考案され、杭メーカー各社がそれぞれ特許をとって、国土交通省の認定を得ている。

この埋め込み工法は、打ち込み工法と違って直接的な支持層確認ができない。そこで間接的な確認方法をとる。まず、正確な地質調査である。あらかじめボーリングを行って杭を支持させる地層の存在とその地層の強度を把握する。杭の採用長さと耐力はその情報に基づいて決定する。次に、現場で孔を掘るときの記録である。オーガーマシンで掘削するとき、ドリルの回転抵抗を測ってその電流量を記録紙に残す。オーガーマシンは支持層に達すると、それまでに比べて急に回転抵抗が増す。打ち込み工法で打撃音が変わるのと同じである。その変化は電流計が出力するグラフに明確に表れる。同時に、オーガーマシンを運転するオペレーターの感触が重視される。ベテラン運転手なら、その感触だけでも支持層の確認ができるほどである。

これらの要素、すなわちボーリング調査結果、決定した杭長さ、オーガーマシンの電流計出力、それにオペレーターの感触によって、杭の支持層到達が確認されている。従来、そのことが問題になることはほとんどなかった。杭打ち記録の報告書は施工会社によってつくられるが、内部的に残されるだけで、提出は元請け業者までであり、行政への報告義務はなかった。それだけ工事の信頼性があったからである。

先年、横浜のマンションで杭の支持層への未到達という事実が明らかになった。二棟の境界の廊下で二センチの段差が発見され、片方の建物の沈下が杭の不具合によるものであることが分かったのである。マスコミで大騒ぎになり、姉歯事件のような社会問題になりかけたが、その理由は、電流計の記録が偽装されていたことが暴露されたためである。例によってマスコミは話を拡大し、マンションが今にも倒壊するかのような報道をした。しかし実際は建築後十年近く経ており、目立った被害もなく直ちに危険ということはないと分かって、後続のニュースバリューがなくなった。

結局その後、事件は関係したデベロッパーと元請け会社および杭施工会社が行政処分されて終わったが、犯罪として告発されることはなかった。なぜなら一連の経緯の中に法律に抵触する事実がなかったためである。電流計記録の偽装自体は不正行為ではあっても犯罪行為ではない。以後は、マンション住民の損害をいかに回復するかの経済問題に矮小化し、マスコミの報道も沈静化した。

この横浜の事件の後、杭の支持層への到達の確認は施工会社の信頼性に任せるのではなく、正確な記録によって判定されるようになった。行政への報告義務はないものの、工事を監理する建築主側のチェックを受けるのが当たり前になった。竹下が持ち込んできたオーナーのクレームは、杭打ち直後の建築主側の監理者によるチェックで、杭の支持層未到達の疑念が持たれたのである。

竹下はタクシーをとばしてやってきた。

「杭打ちの最後の日に大雨になりましてね。ナンバー二十九と三十の記録紙が濡れて正確な電流抵抗の記録が取れなかったんですよ」

入ってくるなり、挨拶もそこそこに竹下は問題の核心を告げた。

直ちに有川と中島と竹下が打ち合わせテーブルに着いた。

「ナンバー二十九と三十の杭というのは、どの位置になるんですか」と中島が杭伏図を広げて問う。物件は有川が構造計算をしたが、構造図は中島が描いたので内容は彼の頭にも入っている。杭のナンバーは施工会社が杭打ちの順番で付けた通し番号である。問題の二本は建物の東南隅に近い最も深い場所の杭だった。

「十二メートルのところだな」と有川が確認して言った。

「そうです。杭打ちの最後の二本です。それまでの二十八本はきっちりと記録が取れたんですが、最後の二本でしくじりました。急に大雨になって」

「電流計の記録がないとだめなんですか」と中島が訊く。

「ボーリング柱状図と掘削の際に採取した土質の照合、それに打った杭の長さの記録を確認すれば普通は問題ないんだが、施主の監督がそれではオーケーしないんだ」

「現場のオペレーターの証言もあるでしょう?」と有川が確認する。

「もちろんオペレーターは掘削時に全ての杭が支持層に到達していたと言っています。しかしそんなものはだめだ、人間は都合よく発言するから信じてはならない、科学的なデータを出せと言うんですよ」

「電流計データはそれほど確実なものなのか」と有川が尋ねた。

「確実と言えると思います。直接的な証拠はそれしかありません。そのため過去には他の杭の記録を流用したりする偽装が行われたんです。だから横浜の事件以後は、業者も細心の注意を払っていますが、今でもときどき電流計のスイッチを入れ忘れたり、記録紙が途中で切れたり、今回のように雨に濡れて記録が取れなかったりするミスが起きます。そんな場合でもたいてい訳を話して他の状況資料で納得してもらうのが普通なんですが、今回は頑として聞いてもらえない」

「監督はそれならどうしろと言ってる?」

「杭を打ち直せと言っています。すぐ横にもう一本打って、基礎と基礎梁の補強をしろと」

現設計では杭は柱の直下に打っているので、横に打ち直すと柱からかかる荷重が偏心するため、基礎を拡大するとともに、連結している基礎梁の補強が必要になる。

「工期と追加の費用がかかるな」

「そうなんです。どちらもきびしい条件で請けているので、絶対に避けたいんです。打ち直しだけはやめたい。代替の方法はないでしょうか」

「別の手段で支持層の深さを確認するしかない。すぐ横でボーリングをする方法が一つ、しかしそこそこの費用がかかる。ボーリングに替わる方法としてはスウェーデン式サウンディングがあるが、これは個人住宅地用などの簡易なもの、せいぜい五、六メートルの深さまでで今回の十三メートルには届かない。もう一つ、ラムサウンディングという方法があって、これなら深さは十分可能でボーリングより安くできる。何らかの科学的データを出せと言われたらこれかもしれない。専門業者に見積もりをしてもらったらどうだろう」

「同じことを当初の五本のボーリングのうちの東南隅の一本を使って証明できませんか」

「ナンバー二十九と三十はそのボーリングから二メートルと三メートル外側へ離れている。外側であるだけに弱い。もちろん全部のボーリングデータによる等高線を描いて杭長さを決めたのでそれで証明できなくてはならないんだが、ミスをした今となっては、すぐ横のデータでないと先方の求める証明にはならないだろう」

「分かりました。見積りはすぐに手配するとして、それとは別にまず何とか先方に説明してこのまま納得してもらえるようにしたいんですが、その説得を先生にお願いできませんか。対策を講じるのはそれが不調に終わったときのことにして、とりあえず先方へ出向いて話をしてほしいんです。実は前からこの監督は構造設計者に会いたいと言っていました。この機会に先生を紹介したい」

「分かった」有川はしばらく竹下の顔を見つめて承諾した。

竹下はそこから直ちに自分の会社へ電話してラムサウンディングの見積りを命じ、そのあと先方のアポを取り、午後に訪ねることになった。


午後一番に竹下は、今度は会社のバンを運転して有川を迎えにきた。先方の事務所は新神戸にあるので、地下鉄で行って待ち合わせればよいのだが、竹下も有川の身体に気を使って車で迎えに来たのだった。

「ラムサウンディングの費用は何とかなる程度であることが分かりました。できれば一本で間に合わせられればいいんですが」

「うん、ナンバー三十で確認すれば、ナンバー二十九はそれより内側なので説明がつくと思う。その線でいきましょう」

有川は関連書類を持って、バンの高い助手席に乗り込んだ。建設会社の業務用車は道具類が積み込んであったり、汚れた現場服で乗ったりするので、車の中は乱雑で快適な空間とは言えない。独特の臭いもした。竹下はそのことを謝った。

「先生、お身体の調子はいかがですか」

走り出すと竹下は有川の病気の状態を訊いてきた。有川ががんであることは竹下も知っている。

「あまりよくないですね。というよりリタイアを考えなければならなくなっている。私が退いたあとの事務所のことは中島に任せたい。摩耶建設さんには、中でも竹下さんには今後もお世話になると思うのでよろしくお願いしますよ」

「ええ、有川事務所とは長いつきあいですからね。でも先生のリタイアなんて考えられなかった。残念です」

竹下も有川の病状が重いことはうすうす勘づいているようだ。

有川はふと思いついて、

「竹下さん。構造設計をやりたいという若い人はいませんか。中島の下で育てたいと思っている」

「新人を入れるおつもりですか。構造設計は一人前になるのはたいへんですからね。誰でもいいというものじゃない。しっかりと志があって頑張る人でないと続きません」

「私が直接育てるのはもう不可能だが、中島に引き継ぎたい。適当な人がいたら紹介してもらえませんか」

「分かりました。心がけておきます。女でもいいんですか」

「いいですよ。そういえば女性の構造屋というのは少ないですね。私が顔を知っている現役では二人しかいない。だれか新人で心当たりでも?」

「ええ、ないことはないです。前に一度興味があってやってみたいと言っているのを聞いたことがあったので。一度水をむけてみます。うまくいけばそのうちに……」

竹下は具体的な顔を思い浮かべているようだったが、有川はそれ以上訊かなかった。

「竹下さんとのお付き合いも長いねえ。もう何年になりますかね」

「初めてお会いした時のことをはっきり憶えています。あれは二十二年前、私が新人で、淡路の皐月内科医院の現場に派遣され、現場の施工写真を先生の事務所に届けに来て、先生からお礼にと言って焼肉をご馳走になったのが最初です」

「ああそうだった。そういえばそんなことがあったね」

突然皐月内科医院の名前が出て、有川は重大な仕事が残っていることをあらためて念頭によみがえらせた。二十二年前の自分の設計ミスの修復をしておかねばならない。それに、今は院長夫人になっている下房恵美への自分の生涯最大の恋の追憶に別れを告げたい。できたら彼女を今一度見るだけでいい。

「竹下さんは学校を出て初めて出た現場が皐月内科医院だったんだね」

「そうです。はたちでした。今は営業担当ですが、もともとはそのあと十年間現場員でした。現場で汗を流してコンクリートを打っていた頃が今も懐かしい」

「竹下さんは皐月内科医院へは、営業で今も時々顔を出しているんですか」

「ええ、病院内の改修工事や、模様替え工事をいただいていますので、年に二回ぐらい訪ねています。淡路の他の会社や役所を訪ねるついでですが……。そうそう皐月内科医院では近々改造工事が始まります。今度院長職を御子息に譲られるそうで、それに伴なって院長室を中心に間仕切り壁の変更と内装のやり替え工事をすることになっています」

「四階部分の増築の話は出てきていませんか」有川は一番気になっていることを尋ねた。

「そういえばそんな計画が最初に見込まれていましたね。でも今のところは全く話にのぼっていません。御子息に替わったら出てくるかもしれませんが」

有川は、増築工事が突然具体化するようなことが起きる前に、自分の責任において、計画に瑕疵《かし》が生じていることを告白しておかねばならない、いずれ竹下にそのことを話し、先方へのアプローチを頼まなければならないと思った。

車は新神戸に着いた。新幹線駅の南側の高層ビルに親会社の総合商社が入っていて、その子会社の事務所は六階にある。竹下は車を地階の駐車場に入れた。

受付に着くと、竹下に同席するよう呼ばれた摩耶建設の現場所長が待っていて、有川に挨拶した。初めて会う顔で、滝川と名乗った。

受付から竹下が館内電話で品質管理課顧問の久保田に来着を告げた。パーティションで区切られた会議室で待っていると、しばらくして久保田が現れた。有川は竹下から前もって聞いていたが、久保田は大手ゼネコンの技術系の部署で定年を迎え、三年前からここの顧問として働いていた。年齢は有川より五歳ほど若い。

久保田は、大手ゼネコンでしばしば協力業者との会合を仕切っていた時の表情を面に出して、有川たちに接した。

「では、まず現状を報告してもらいましょう」

現場所長の滝川が書類を広げて、杭打ちの工程と作業内容を説明する。

「一日に六本、五日間で三十本打ちました。順調に消化したんですが、最後の日の午後に大雨になり、オーガーの電流計のトラブルに気がつかずに作業を続けてしまいました。オペレーターも作業員も雨に気を取られて、紙が濡れて記録が取れていないことに気づくのが後れました」

「それはすでに私のほうの現場担当から聞いて知っている。問題はその二本が確実に支持層に達したことを、どうやって保証してもらうかなんだ」

滝川は言葉を継いで説明を続けた。

「オペレーターと作業員がオーガーの掘削終了時の手順で確認しています。皆ベテラン作業員ですから、毎度やっている方法です。支持層に達すると掘削の速度が急に落ちるので分かります。その時点から杭の定着深さ分の最終掘削をするのです。また、掘り出した土とボーリングの土の土質の照合もしました。電流計の記録が取れなかったのは、参照データが一つ欠けただけというふうに考えています」

「違うんだよ。その判断はこちらでする。それが大事なんだ。監理者としては物証が要る。横浜のマンションの事件以来、当社では記録に残る証拠で監理している。今日は設計のかたも来てもらっているんで聞きたいんだが、設計者としてはどう思いますか」

滝川はテーブルの上の名刺を見てから有川のほうを向いて言った。若い設計者が来ると思っていたのが、思いがけず年配の人間が来たので、有川に対しては滝川の表情がややていねいになった。

「設計の立場としては、構造計算時に杭の長さを決めた段階で、杭が支持層に達していることを担保しなければなりません。杭の設計耐力はそれで決まるからです。杭はできあがった構造図に基づいて発注され製造されて、現場に搬入されます。搬入後に杭長さを変更することは、工事費からも工程上からも許されません。したがって、杭長さを決める際には慎重な検討が必要です。今回の敷地は、支持層の深さがかなり変化しているため、五本のボーリング結果に基づいて支持地盤の断面図と等高線図を描いて検討しました」

有川は、用意してきた等高線図をテーブルに広げた。

「御覧のとおり、この敷地の支持層は中央から東側に急な下り斜面になっていて、さらに東側では北から南へ少し深くなっています。昔、造成前には谷があって、そちらの方へ傾斜があるようです。したがってこれよりさらに南東側ではもっと下がっていると思われます。このような地盤では、杭の長さは安全側に余裕をもって決めなければなりません。そこで、最も浅い西側で九メートル、最も深い南東隅で十二メートルとしました。両者の間はその中間です。耐力算定時の支持層への貫入深さは一メートルとしましたが、どこをとっても支持層に最低一メートルは貫入しているという手筈です。実際はそれ以上になっています」

久保田は、しばらく等高線図を見て、

「しかし建物外周部の柱はボーリング位置より外側にあるから、杭が確実に支持層に達しているとは保証できないのでは?」

「そのとおりです。しかしそれは支持層の断面図からボーリングより外側の斜面の勾配を推定して決定しています。一メートル以上の貫入深さをみていますので、少々の誤差があっても問題はありません」

「では現場の杭打ちでは確認の必要はないと思いますか」

「いえ、そんなことはありません。この敷地では五箇所のボーリングをしていますが、ボーリングとボーリングの距離が二十メートルあいているので、その間で急な凹凸があれば把握できていない可能性はあります。したがって、どんな場合でも現場での確認は必要です。確認のポイントは、いま現場所長が述べたとおり、オーガー掘削時のドリルの回転抵抗の変化をオペレーターが認知すること、それと掘り出した土とボーリングの支持層の土質を照合することです。ドリルの回転抵抗は、電流計のグラフでも確認できます。今回のミスはこのグラフが取得できなかったことですが、支持層到達の確認はオペレーターと作業員の一連の手順の中でなされており、グラフが取れなかったこと自体は二義的なものと私は考えています。というより、私たち設計者は、杭の長さを決めた時点で判断を下してしまっていて、施工時にアクシデントがない限り、杭は計画どおり支持層に達していると判定します。異常があれば設計側へ必ず報告されますので、それだけ施工技術を信頼していると言えます」

「これまで異常な報告があったことがありますか」

「杭の長さが足りず支持層に達しなかったことはありませんが、逆に所定の深さまで掘れなかったという例はありました。支持層の深さを用心しすぎて杭が長すぎたため、岩盤のような堅い地盤をそれ以上掘削するのが不可能になり、一メートルほど残してしまったことがあります。いわゆる高止まりです。これはこれで、杭頭の切断と補強の処理が厄介なため避けるべきミスなのですが、杭長さが足りないよりは罪は軽いと言えます。いずれにしても、杭長さの決定の責任は設計にあることはまちがいありません。それだけに、決定された杭長さについては信頼していただきたいと思います」

久保田はしばらく天井を見上げて考えていたが、

「すぐ横にもう一本打って確実を期すという案は、どう思いますか」

「安全の見すぎではないでしょうか。かりにそうしたとしたら、横に打つ杭は柱の中心から一メートル五十センチほど離れますが、荷重をその杭に伝えるためには、基礎の拡大と基礎梁の大がかりな補強が必要になります。費用がかかるし工程も遅れます。設計者としては、そこまでの必要はないと思います」

「しかし我々としては何らかの確証が要る」

それまで黙ってやり取りを聞いていた竹下が、

「すぐ横で増し杭をするのではなく、支持層確認の調査をさせてもらうということではいけませんか」と言った。

「どういう方法で?」

「ラムサウンディングをします。それで支持層の深さを確認します。打った杭の長さは施工記録がありますので、両者を合わせて支持層到達を証明できると思います」

「すぐ横でもう一つ孔を掘って支持層を確認すると言うんだね」

「そうです」

「電流計の記録が抜けている杭が二本あるから、二箇所でやるということか?」

有川は、「いや一本でよいと思います。ナンバー三十でやれば、ナンバー二十九はそれより内側で南東隅のボーリングとの間に入りますから、確認が可能でしょう」

久保田は再び天井を見上げて考え、

「分かった。もしその調査で杭が未到達となったら、増し杭をしてもらうという条件で認めよう」と答えた。

久保田は、設計者としての有川の意見を尊重する態度を示した。大手ゼネコンの出身者は、役所や大学のＯＢと違って概して柔軟なところがある。有川は、久保田にもその姿勢を感じた。

「調査がすむまで工程を止めたくないので、西側から次の仕事に入らせてもらってよろしいですか」と、現場所長が心配顔で久保田に尋ねた。竹下も、「ぜひそれは許可を願います」と助け船を出す。

「うむ、仕方がないな。ただし、調査結果によっては直ちにストップをかけるのでそのつもりでいてください。それと、調査でオーケーになったら、それに基づいて、電流計記録の欠けている二本の杭の確証記録として書類にまとめてください。書類には、設計の有川さんの押印を頼みます」

「分かりました。御理解いただいて感謝します。有難うございました」

竹下が三人を代表するように礼を述べた。


摩耶建設としては、愁眉を開いた結果で会合は終わった。現場に戻る所長と別れ、有川は再び竹下の車で二人になった。

「事務所までお送りします。今日は有難うございました。先生のおかげで窮地を脱することができました。監理者というのは、私たち建設会社の人間の言うことは疑ってかかる傾向がありまして、先生のような年配の設計者が同席していただけると助けられることが多いんです」

「特に変わったことは言ってないんだけどね。滝川さんと同じことを言ったに過ぎない。でもうまくいって何よりでした。ラムサウンディングの調査結果が出たら、とりあえずすぐに私にメールで送ってください」

「このあと直ちに調査を手配します。調査会社は早ければ明日現場に入るので、結果が出たら速報を流します」

車は神戸の山手の県道を西へ走っている。もう午後の遅い時間になりつつあった。行きかう車の流れが多くなっている。いつものとおりの午後で、変わりない日常風景である。仕事に気が取られているうちに、あわただしく今日一日が過ぎていく。外へ出て人に会うと疲れを覚える。最近は特にそう感じる。あと何日自分は今日のように働けるだろう、有川の思考は最近はいつもそこに向かう。限界が近づいているのではないか。急がねばならない。残り時間のあるうちに、なすべきことをなさねばならない。有川は、あらためてそのことに思いをはせた。

第五章

二日後に竹下からメールが届いた。ラムサウンディング調査の結果がPDFファイルで添付されている。すぐに電話が入り、

「先生、結果が出ました。GLマイナス十一メートルに明瞭な支持層が出ています。これでどうでしょうか」

PDFファイルを開いて閲覧ソフトで見ながら、

「うん、これならいいでしょう」と有川は答えた。

つづけて、

「調査報告書がまとまったら届けてください。ナンバー三十はこれで証明できるので、ナンバー二十九の推定を追加して所見を書きます。今週中に先方へ届けられるでしょう」

「有難うございます。すぐに手配します」

この介護付き老人ホームの杭の問題を含めて、今週はあわただしく仕事に追われている。得意先の一つである不動産会社から、木造三階建て住宅の構造計算の仕事が、一挙に三件入って

きたのである。木造住宅の構造計算はもっぱら有川の担当で、中島はもっか十階建てのマンションにかかりきっているので、現在継続中の別の一件を含めて合わせて四件の木造住宅の構造計算が有川にのしかかってきた。期限は三週間である。

木造建物の構造計算は、二階建て以下は延べ五百平方メートルまで法令上の仕様規定を守ることで不要のため、たいていの個人住宅では行われていないが、三階建てになると建築確認申請時に構造計算書の添付が必要になる。

三階建ての木造個人住宅は、大都市およびその周辺に特有の建築物である。土地の価格が高く人口が密集している地域で需要がある。関西では京阪神間の大都市寄りの住宅地がその地域である。有川の得意先の不動産会社が扱っているのは、ほとんど神戸市内の建売住宅で、一戸あたり土地が約三十坪、一階の面積が十五坪、延べ面積が四十坪程度のものである。不動産会社は、新しく開発された土地や、古い建物が解体された土地をできるだけ安く確保し、まとめて数軒の販売住宅を建てる。一つの土地に複数戸建てることが多く、今回のようにまとめて三件の発注があったりする。たいてい一階に家屋に食い込む形の車庫があり、最近は二台分の面積を取ることが多くなった。敷地が狭いため高低差のある土地では鉄筋コンクリート造の掘り込み車庫が付属することもある。

大手住宅会社の規格化されたパネル形式のものと違って、街の不動産屋が扱う個人住宅は、角材の柱や梁で軸組をつくる在来工法である。壁はその骨組みの表面に石膏ボードや構造用合板を現場で打ち付け、外部はサイディング、内部はクロスを貼ってつくる。床はやはり構造用合板を梁に打ち付け、フローリングを張る。和室にはスタイロ畳を敷く。屋根はたいてい金属板や彩色石綿板のような軽い材料で葺く。全体に低コストと省力化を考えた短工期でできる乾式軽量の家である。

このような形式の新築住宅が全国で大多数になったのは、阪神淡路大震災以後である。阪神淡路大震災の死者の大半は、倒壊した古い木造住宅の下敷きになった人々である。古い木造住宅は、瓦屋根とモルタルや漆喰の壁でできた重い建物で、地震には不利なつくりになっていた。関西にはそれまで数十年間大地震はおろか中小地震もなく損傷を免れていたため、修繕補強がほとんどなされていず、知らないうちに土台や柱は白蟻に喰われていた。その期間があまりにも長かったため、関西には地震は来ないと、無意識の信仰のようなものが人々のあいだでできあがっていた。それは大きな油断であり、そのため一挙に多くの死者を出す災害になったのである。

震災後は木造住宅の耐震技術がそれまで以上に研究され、構造計算の指針が進化し、設計マニュアルが拡充された。毎日の生活を営む個人の住居が、地震に対していかに脆弱であったかを、一般の人のみならず有川のような専門の構造技術者もあらためて知ったのである。そうして、木造住宅の構造に関する法令が見直され、耐震基準が整備された。

耐震化の第一は、建物を軽量にすることである。地震によって建物にかかる負荷は、建物の重量に比例する。軽くすることは最大の耐震対策である。そしてそのうえで、耐震要素となる耐力壁を平面上に釣り合いよく配置することが大切である。軽くて強い耐力壁は構造用合板や筋違《すじかい》で形造られる。さらに、軸組と耐力壁を適切な金物で緊結することが必要である。そのため、各種の金物が考案され開発された。

木造住宅の構造計算は、これらの要素を組み合わせ、部材サイズと強度を求める作業である。それには特別の高度な技術を必要としない。一定の手順に従って、柱、梁および耐力壁の量と配置を決め、必要な強度を検証していけばよい。そのため、木造住宅の構造計算には法的にも構造設計一級建築士の資格は必要としない。いくつかの木造専門の一貫計算ソフトが市販されていて、データを変化させながら入力し、繰り返し計算すれば結果が出る。ただし、木造建物は柱や梁や壁の部材数が多く、配置や組み合わせを決めるのに経験とテクニックが要る。したがって良い結果が出るまで、何度もデータを入れ替えてソフトを走らせることになり、最初は試行錯誤が伴なうが、慣れてくれば効率よく処理することができる。

有川事務所は年間二十件ほどの木造住宅の発注を受ける。仕事が重なって来ることは、事務所を運営していくうえでは歓迎すべきことである。しかし一度にまとめて短期間の仕事を受けるのは最近は苦しく感じるようになった。若い頃は残業をいとわなかったが、歳をとり、さらに病気になってからは残業が負担になった。これから三週間、有川自身はその仕事に集中することになるが、自分に残された時間が限られていることを思うと、貴重な時間を奪われることに、焦慮を禁じ得ない。

土曜日になった。朝一番に森さんが、
「今日の六時で、『かんざき』に三人予約してありますが、お忙しいようでしたら変更しましょうか」と尋ねた。
「いや、予定どおりやりましょう。大事な会合だから」

「そうですか。お料理は先生の大好きなうどんすきを頼んでありますよ」

有川事務所では、ふた月に一度ぐらい皆で夕食会を催していた。いつもは所員三人だけだが、たまに得意先の親しい相手や友人が加わることもある。場所は事務所から徒歩で十分ぐらいのところにある料理屋である。そこのうどんすきが有川の好物であった。

店名の「かんざき」を染め抜いたのれんをくぐって有川と中島が入っていくと、あるじがカウンターの中から「いらっしゃい、まいど」と声をかけた。間口三間三階建ての小さな割烹である。一階はカウンターで寿司を出す。元々あるじは寿司職人でここで寿司店を開業したのが二十年前、その後二階、三階に部屋をつくり、寿司以外の和食も提供するようになった。神崎郡の出で、季節には神崎の渓流で獲れるあまごや鮎の塩焼きが名物である。
「三階の一番奥をお取りしてます」と奥から出てきたおかみさんが言った。

せまい階段をのぼって三階に着くと、森さんがすでに座っていて、卓の上には鍋がかかっていた。二人についてきた別の女店員が「すぐにご用意します」と言って下りて行った。まだ時間が早いためか、三階の別の二室には客は入っていない。

森さんがていねいに入れた具が食べごろになり、ビールで乾杯してめいめい賞味する。しかし今日は三人ともあまり食が進まない。有川自身は最近食欲が減退気味であるが、いつもは健啖家の森さんと中島も箸の動きがにぶい。雑談しながら、有川の言葉を待っている。

「君たちに相談しておかなければならないことがある」と、有川は話し始めた。

「よくご存じのとおり、私は肺がんで、すでに末期に入っている。ずっとかかっていた病院からは、もうこれ以上積極的な治療はないと宣告された。主治医と相談のすえに、これからは苦痛をやわらげるための別の病院を紹介されて、いまはそちらのほうにかかっている。いずれ最後が来たらそこに入院することになるが、その約束もできている。時機がいつになるかは私にも分からない。三箇月か半年か、それともまだ一年ぐらいあるのか、そうあってほしいとは思うが、まあ、常識的には長くてあと数箇月だと思う」

二人はうつむいたまま、無言で、じっと有川の言葉を聞いている。

「私には家族がない。親兄弟もないし親戚も遠くて縁が薄い。つまり一人ぼっちということだ。だから私は君たちを家族と思って生きてきた」

森さんが顔を上げて有川を見た。その目が潤んでいる。

「私は、人だれもがそうであるように、自分が死んだあとの家族のことを心配している。君たちの生活のことだ。現在の生活を維持するためには、君たちは仕事を続けていかなければならない。幸い私たちには信頼する得意先がある。こちらがやめると言わない限り、仕事は回してくれるだろう。だから私が死んでも、君たちでこの事務所を継続していってほしい」

今度は中島が顔を上げて有川を見た。気の弱い中島は泣きそうな表情をしている。有川は続けた。

「私がこの事務所をつくって二十五年になる。継続は力なりというが、よく続けられたと思う。妻が死んでこれからは気楽に生きていこうと思い、自分にできることはこれしかないと始めたもので、金儲けをしようとか事務所を拡大しようとかという欲はなかったから、かえってつぶれなかったと思っている。その間、二十年前には森さんが参加してくれて、十五年前からは中島君が入ってくれた。少しずつだが成長してきたわけで、君たちには心から感謝している」

有川はそこでちょっと言葉を切り、コップのビールを一口だけ飲んでさらに続けた。

「建築の構造設計という仕事は、文字どおり縁の下の力持ちで、建築設計という全体の業務の中では日の当たらない地味な仕事だ。昔は、『計算屋』などと呼ばれて下請け人のように扱われていた時代もあった。建築主や意匠設計者の言うがまま、安全性を度外視した無理な形体を押しつけられて、うまく処理できなかったら無能かあるいは下手な構造屋と軽んじられた。『君ができないんなら、やってくれる構造屋をさがすよ』などと言われて、こちらの意見など聞いてもらえなかったりした。

それがようやく陽の目を見るようになったのは、皮肉なことに姉歯事件からだ。あれは構造技術者が犯した不祥事だったが、おかげで構造設計の重要性が見直されることになった。建物の安全性というものに不安が広がり、世間の関心が高まったために、逆に光が当たることになったのだ。それまでは構造設計というのは誰がやってもよい脇役の仕事だった。新築の建物には、設計者の代表として建築士が一人ついていればよく、その建築士は別に構造の専門家でなくてよかった。普通は意匠担当の建築士が代表になった。構造設計も含めてその建築士が責任者だった。しかし、それでは建物の安全性を担保する責任の所在があいまいになることから、『構造設計一級建築士』という新たな資格制度が創設され、一定規模以上の建物は特別に認定された構造技術者しか担当できないようになった。その構造設計一級建築士の氏名は確認申請書に記載され、正式に構造安全性の責任を負うことになった。また同時に『適判制度』が発足し、高度な専門家による公的なチェックが行われるようになった。それは私たち構造屋にとっては喜ばしいことだった。構造設計の重要性が認められ、ようやく構造屋が独自の職能をもって自己主張できるようになったのだ。私はそれは姉歯氏のケガの功名というか、逆の意味で功績だったと思っている。

いま世の中には、毎日毎日新しく建物が建てられているが、それには必ず構造技術者が関与している。しかしそのわりにはまだ構造技術者の認知度は低い。世間ではそのような職業の人が存在することに関心が薄い。構造技術者は大手ゼネコンや大建築事務所、それに私たちのような個人に近い事務所に所属して活動しているが、大手が担当する巨大な建物、著名な建物を別にすれば、大多数の建物は私たちのような小さな事務所の構造屋がその安全性を支えているのだ」

有川はそこで一息ついた。三人は思い出したように料理を口に運んだ。

「私たちの事務所はたった三人の小さな事務所にすぎないが、それでも年間四十件の建物の構造設計を行い、その安全性の責任を負っている。そこで、私はこの有川設計事務所の代表を森さんに譲ることにしたい」

有川は森さんの目を見て言った。「引き続きあなたがこの事務所を継続してほしい」

「そんな……」驚いた顔で森さんは有川をみつめた。

「私には荷が重すぎます」

「いや、することはこれまでと同じでいいんだよ。いま、事務所の事務関係はすべて森さんにやってもらっていてほとんど任せきりになっているが、それをそのまま続けていくだけでよい。得意先からの仕事の受注から納品、請求の手続き、事務的な折衝、公的機関への申請や申告、経費の管理、その他なにもかも今までどおりで、ただ代表者の名義が私ではなく森さんになるだけと考えればよい。事務所運営の業務の中で私が果たしていた専門技術的なものは、今後は中島君がやってくれる」

「でもそれは先生がちゃんといらっしゃるからできていたことで、今までどおりといっても私たちだけでは自信がありません。それに私はもう六十歳、事務所を引き継ぐならそれは中島さんでないといけません」

中島が驚いて森さんを見る。

「ぼくもそんな自信はありません」

有川はしばらく天井を見上げ、深く息を吸った。

「急に言われて戸惑うのも無理はないが、いずれにしろ近いうちに私はいなくなる。これはもう確実なのだ。そのときに君たちがどのようにこの仕事を続けていくかという問題に直面している。二人で力を合わせてやっていってもらうしかない。その場合、事務所の経営面は森さん、技術的な責任は中島君というようにするのが、最善の姿だと私は思っている」

現実の問題への直面を指摘されて二人は黙った。

「私がいなくなれば、事務所のマンパワーは落ちる。これまでのような仕事量はこなせない。売り上げは下がる。五つの得意先の発注を全部受けることは不可能になる。だから優先度も考えておかなければならない。最大得意先の摩耶建設とA設計事務所を残して他は縮小せざるを得ない。そのことは近々私から先方へ話していく。できるだけスムーズに君たちに移行できるようにするのが、私の最後の仕事だ」

森さんが顔を上げた。

「私は、きっと中島さんもそうだと思うけど、先生には御恩があります。だから、もし先生がそのようにお望みなら、私たちは力を合わせてやっていくしかありません」

「ぼくも所長の仰るとおりにします。ただどうしたらよいか、途方にくれます」

「具体的な話に移ろうと思う。大事なことなのでよく聞いてほしい」

有川は先日書いた［覚書］の内容を思い出しながら話し始めた。

「相続の話だが、有限会社有川建築設計事務所のオーナーは森さんに譲る。資本金、不動産、預金など会社資産の所有者は森さんになる。不動産は土地と建物の半分が会社のものになっている。預金額は森さんも知っているとおり七百万円ぐらいだろう」

森さんが頷いて聞く。そこで有川は中島のほうを向いて、

「不動産の残り半分である建物の住居部分すなわち二階の私の住まいは中島君に遺贈する。いやでなかったら、私のあと君が家族四人で移り住んだらどうか。広くはないが今の賃貸マンションよりは余裕があるだろう。それと中島君には私個人の預金を譲る。七百万円ぐらいだが、遺贈に伴なう税金などの費用はそれでまかなえると思う」

中島は茫然とした顔で聞いている。

「森さんが相続するのは会社関係のものばかりだが、個人のものとしては私の生命保険の受取人が森さんになっている。保険金は一千万円だ。これを受け取ってほしい」

「先生、私悲しいです」

そう言って森さんが嗚咽を洩らした。

「君たちを残して去るのはすまないと思う。しかし、どんな結びつきにもいずれ終わりが来る。人と人との関係には常に始まりがある。そして始まったものは必ず終わるのだ。その時が来たというにすぎない」

「所長、ぼくにはまだまだ所長から教わらねばならないことがあります。建物の構造とは何か、安全性とは何か、設計とは何か……」

「中島君、心配することはない。君の実力はもう十分私を超えている。あとは『構造設計一級建築士』の資格を取るだけだ。今年度の講習と考査が近づいているね。頑張ってくれ。君なら普通に対応すれば問題はない」

中島は素直に頷いた。

「今日話したことは、私のパソコンに［覚書］と題したＷＯＲＤファイルに書いてあるから、私が死んだらあらためて開いて読んでください。それが私の遺言書だと思ってくれたらいい」

「寂しいです」中島がつぶやいた。

有川は一呼吸置き、三人はしばらく料理を口に運んだ。

「ここで、私の過去の過ちについても君たちに伝えておかねばならない。その過ちの尻拭いをいずれしてもらわねばならないからだ。

昔、私は設計上のミスをおかしている。二十三年前のことだ。事務所を創設して、まだ自分一人で仕事をしていた頃の話だが、淡路島の皐月内科医院という病院で新病棟をつくることになり、私が構造設計を請け負った。今は解散してしまったが、明石にあった意匠事務所からの発注で、摩耶建設の紹介だった。鉄筋コンクリート造の三階建てで上に一階分の増築予定があり、将来は四階建てになることになっていた。私が構造計算をして、当時一人で手が回らなかったから構造図の作成を外注した。その構造図を受け取って内容のチェックをした際に、SD35であるべき鉄筋の表示がSD30になっているのを見逃してしまった。今もそうだが、鉄筋の十六ミリ以下と十九ミリ以上では種類を変えるのが合理的なのでそのように計算したのだが、構造図の表記にSD35がなく全部SD30になってしまっていたのだ。その結果、床版、壁、小梁などの二次部材は問題ないが、重要な柱と大梁の強度が最大で十五パーセント弱いものになって竣工してしまった。この誤りは通常の長期荷重時には問題ないが、地震の短期荷重時には強度不足になる。当時私はこのミスに気づかず、そのまま数年経った。

竣工してから八年後、二階の一部の模様替えの計画があって医院から構造安全性のチェックの要請が摩耶建設を通じてあり、倉庫に保管してあった設計図書のデータを調べていて、私は自分のミスに気がついた。その模様替えについては安全上何も問題はなかったが、SD35の誤りはそうはいかず、柱・梁の鉄筋の強度をSD30に落として再計算してみたら、一階の何本かの柱が地震時にもたないことが分かった。さいわいこの建物は上階の増築予定があるため、現在の状態では耐震上問題はなく、竣工直後の阪神淡路大震災でも被害はなかった。しかし四階を増築した際には、一階の柱がもたず倒壊の危険性があることが分かったのだ。

とりあえず私はそのとき、模様替えについては問題ないこと、現状の三階建ての状態では耐震上も安全であることを回答し、鉄筋の誤りについては、今は後悔しているがその時は沈黙した。しかし引き続き、私は当初の予定どおり四階を増築できるようにするにはどうしたらよいかを様々な案をつくって検討した。増築部分の規模を縮小したり、軽くしたり、あるいは一階に耐力壁を増設したりする案だった。それぞれの案についての検討結果は、事務所の倉庫に報告書として残してある。これはどこにも出していない。具体的な提案は四つあり、医院側から四階の増築の話が来たらそれで対応するつもりだった。さいわい何らかの制限を設ければ増築は不可能ではない。

なるべく早い機会に私は皐月内科医院を訪れて、自分のミスを詫びるとともに、四階部分の増築についての提案を説明しようと思っている。医院側がどう反応するか分からないが、今後私がいなくなってから増築の話が出たときに、君たちで対応してほしい。特に中島君には、内容をよく把握して、先方の要望に応えられるよう技術的なサポートを頼んでおきたい」

「十五年前と言えば、ぼくが事務所に入った頃のことですね」

「そのとおりだ。君が入る少し前のことだ」

「そういえばその頃先生が夜遅くまで残業して悩んでおられたのを憶えています」と森さんが言った。

「摩耶建設はずっとこの医院の面倒をみていて、今も改装工事を請けているので、竹下さんに頼んで医院側へアポを取ってもらうつもりだが、そのときは中島君も同行して状況を知ってもらいたい」

「分かりました」

「次に、私の後のマンパワーの問題だが、さっきも言ったとおり、これまでのような受注は続けられない。早急に人を入れたほうがよいかどうか、君たちの意見を聞きたい」

「新しい人を入れても先生の代わりにはなりません。このままでいくしかないと私は思います」

「ぼくもそう思います」

「うん、君たちがそういうのはよく分かるが、しかし仕事量が落ちると売り上げが下がり、収入が確保できなくなるし、何よりも今信頼をしてくれている得意先を失望させ失うことになる。そうならないように私はなるべく早く若い人を入れたほうがよいと思う」

「そのためには即戦力の人が要りますね」と難しそうな顔で中島が言った。

「先生には、具体的な案があるのでしょうか」

「先日新神戸へ行ったとき車の中で竹下さんにちょっと話をしたら、心当たりがあると言っていて、実は今日電話があって、来週にでも一度連れて行きたいと言ってきた。竹下さんの姪っ子らしいが、今はツーバイフォー専門の会社にいるらしい」

「女性なんですか」と意外そうに森さんが尋ねた。

「そうだ。女性で構造屋を目指すのは頼もしいと私は期待している」

「ツーバイフォー専門の会社だと、木造の構造計算は得意かもしれませんね」と中島。

「そうなんだ。木造は今もっぱら私が担当しているので、交替できる可能性がある。そうすれば得意先の不動産会社の仕事を切れ目なく継続できる。来週にでも会ってみようと思うが、君たちの意見に従いたい」

「先生の御判断にお任せします」

「ぼくもそれで異議はありません」

「……」

有川は、長くしゃべって息が切れ、急に咳の発作が始まった。森さんが有川のうしろに回り背中をさすった。咳はなかなかおさまらず、有川はあえぎながら横になった。中島が立って下階に伝達し、かんざきのおかみさんがコップの水を持って駆け上がってきた。森さんが有川の身体を支え、おかみさんと二人で水を飲ませた。

「すまない」と有川は目をつむったまま礼を述べた。

「しばらく横になっていらしたら?」とおかみさんが勧めた。森さんは休まず有川の背中をさすりつづけた。

あくる日曜日、有川は昼前までベッドから離れられなかった。昨夜は森さんと中島に付き添われ、短距離ではあるがタクシーを呼んで帰宅した。二人は有川に薬を飲ませ、発作がおさまって有川が眠りにつくまで付き添い、日付が変わる時刻になってから自宅へ帰っていった。

午前九時ごろ森さんから心配の電話があった。そのあと有川が眠っている間にいつのまにかやってきて、洗濯と食事の用意をしてくれた。二人で昼食を食べ、森さんが夕食はこれを召し上がってくださいと別の料理を残して帰ったあと、有川は入浴して下着を替え、小ざっぱりとした気分でリビングのソファーに座った。

「急がねばならない」と思った。カタストロフィーがまちがいなく近づいている。その日が来ることは覚悟しているが、それまでにしておかなければならないことがまだまだある。有川は内心に焦りを感じ、室内を見まわした。今日できることは何かを考え、私物の処分をすることにした。

廃棄しておかねばならない私物は、日記、手紙、手帳のたぐいである。

有川は立って、寝室の天袋にしまってある二つの包みを下におろした。どちらもかつて有川が記した文書が入っている。一つは、学校を出て会社に入ってから三年間に書いたもの、そこには有川の下房恵美への恋がつづられている。もう一つはそれから十数年後の、亡妻の発病から始まり十九箇月後の死去、その後の一年間の記録である。

中身は、普通の大学ノートに記した日記、手紙の下書き、清書したけれど出さなかった手紙、途中まで書いて挫折した詩や小説、それと各年の小型手帳である。

これらは、有川の人生の克明の記録と言ってよい。絶対に忘れられない有川の精神生活の痕《あと》である。このことを思うとき、有川はいつも耽読したニーチェの一節を思い出す。

ニーチェは、のちに訣別して激しく攻撃することになる若き日のワグナーとの親交の日々のことを、最晩年の著作にこう書いた。

「私は余の人間関係は安値で手離してもいい、しかしトリープシェンの日々だけはどんな値に代えても私の生涯から手離す気にはならない、信頼、晴朗、崇高な偶然に充ちた日々、深い瞬間に充ちた日々だ」

有川は、偉大な詩人のこの言葉に託して言えば、二つの時期の記憶を何ものに替えても自分の生涯から手離す気にはならなかった。事務所を創設して新しい住まいをつくったとき、過去との訣別を期して思い切って様々な物品を処分したが、これらの文書だけは捨てることができなかった。有川にとって、今思えばそれはまさしく「崇高な偶然に充ちた日々、深い瞬間に充ちた日々」の記録であった。

包みは長いあいだ寝室の天袋の中にひっそりと眠っていた。今それが有川の手の中にある。誰に読ませるべきものではない。自分がこの世から去る時は、これらの文書も一緒に消えることがふさわしい。

有川は結んであった紐を切り、古びて色があせ、はりついている包み紙をていねいに開けた。息がつまり脈が速くなるのを感じた。

有川は一枚一枚、読むでなくながめるように頁を繰っていった。ところどころ断片的に文書の中の字句が目にとび込んでくる。瞬間的にそれが何を記したものか記憶がよみがえった。それに派生して、当時の自らの生き方を思い出す。自分にも、このように完全燃焼して生きた期《と》間《き》があった。生きることは死ぬまでのひまつぶしなどという悟りに毒されていない時代があった。

再びニーチェの言葉がよみがえる。

「ああ、ツァラトストラ、なんじ愛に充ちたる痴れ者よ！　なんじ信頼によって至福に溢れたるものよ！　なんじは常住にかくあった。一切の怖るべきものに信頼をもて近よった。なんじはすべての怪物を愛撫せんと願った。いささかの温かき息吹と、猛獣の前足のいささかの柔毛《にこげ》の房と、之を見るとき、なんじはただちにそを愛し誘わんと冀った。げに愛こそは孤独なる者の危険である。この人は、生命だにあらば、一切のものを愛さんとする！　笑うべし、愛のうちに潜むわが痴愚とわが謙抑とは！　ツァラトストラはかく語って、いま一度笑った。ここに、彼は棄て去りし友を想い、あたかもおのれの思想もてかれらに罪を犯せしが如くに、みずからの思想を憤った。しかれども、やがて、この笑う人は啼泣したのである。憤りのあまり、また憧憬のあまり、ツァラトストラはいたましく哀泣した」

有川は二つの包みを持って一階の事務所に下りた。日曜日の午後で、無人の室内はひっそりと静寂に包まれている。

建築設計事務所は、顧客の情報を載せた資料を用いて仕事をする。建築主の要望書、設計条件書、図面、仕様書、打ち合わせ記録等である。それらの中には機密を要する情報が含まれており、用済み後の処分には注意を要する。最近は自分の敷地内であっても街中では書類の焼却は難しいので、ごみとして出すか、シュレッダーを利用して処理するかのどちらかである。有川事務所も業務用の小型シュレッダーを置いている。有川はその電源スイッチをＯＮにした。器械の前に椅子を運び、腰かけて包みを横の卓に載せた。

ノートから頁を外して一枚一枚シュレッダーの細い入口に入れる。ブーンという処理音と共に紙が呑み込まれていく。いつも設計用の書類を処分する時と何も変わらない。しかし有川はこの処理が自分の身を削いでいく行為になっていることを感じた。一枚一枚の紙には、有川が心血を注いだ言葉が記されている。ある時は万年筆、ある時は鉛筆、ある時はボールペン、その時々で異なった道具と色で記した言葉である。それが無機質な器械に呑み込まれてあとかたもなく消えていく。

人生は言葉の集積であることを突然意識した。書き残した二つの時代の言葉は有川の生命そのものであった。今それは魂を失ってシュレッダーの中へ消え、器械を操作している老いた肉体だけが残されている。その肉体も近いうちにこの世から消えるだろう。覚悟していたことであったが、痛切な悲しみがこみあげてきた。

一つめの包みの処分がほとんど終わり、捨てがたい数枚が残った。それは手渡すつもりで書いて果たせなかった下房恵美への告白の手紙である。有川はそれを脇にのけた。何をどのように書いたか今でも覚えており、一部はそらんじることもできる。この手紙は最後までとっておきたかった。できれば自分の身と一緒に滅びたい。

二つめの包みに入った。一つめから十数年後の亡妻の記録である。大部分が大学ノートに記した日記である。これを書きつづった時の、願いと祈りと怒りと悲しみがよみがえった。妻のあどけない笑顔が浮かぶ。手術室に向かうエレベーターで見送った時の、小さく手を振って、幼な子のような目で有川を見た表情を思い出す。そして最後に息を引き取った時の静かな眠りの顔。妻のそんな顔が身近に感じられる。もうすぐ再会できるのかもしれない、宗教心のない有川でもふとそんな思いが心をよぎった。

二つめの包みは全部シュレッダーに入れた。とっておきたいものは、ここではなく妻の手文庫の中にある。有川が妻に出した手紙である。社内で初めて好意を打ち明けた時の一通、中期出張のためしばらく離れた広島から求婚したときの一通、結婚が決まってどのような家庭をつくるか抱負を語った一通、妻はこの三通の手紙を手文庫に入れて大事に保管していた。できればこれらは棺に入れて妻に届けたい。

シュレッダーの操作を終えて、有川は電源を切り、器械の前の小扉をあけた。プラスチックの箱にセットされたビニール袋の中に、切断された細かい紙片がいっぱいにたまっている。有川はあっけなく変化してしまった自分の記録を見つめた。命をかけた言葉は全て意味を持たない紙のかけらに変化した。もはやそれは古紙としての処理を待つ断片にすぎない。

終わった。これでなすべきことの一つが終了した。寂しさの中で、有川は安堵の気持ちを味わい、深々と息を吸った。

第六章

翌週の水曜日、午後一番に竹下が姪の藤野厚子を伴なって有川事務所に来た。

応接テーブルに二人と向かい合って有川が坐った。

「私の姉の子で、二年前に高専の建築科を出て明石のK建設に入り、ツーバイフォーの図面を専門に描いていました。一般建築の構造設計をしたいという希望を元々持っていたんですが、今の会社では叶わないので、どこか転職できるところを紹介してほしいと頼まれていましてね。先日先生のお話を聞いて、それならと思って連れてきました」

竹下に促されて、藤野厚子が自己紹介した。きちんとした黒のスーツを着て、かしこまった言葉づかいで、恥ずかしげに緊張している。有川はそんな彼女に好感を覚えた。

森さんと中島は自席で仕事をしながら耳をすましている。

「K建設さんでは、ツーバイフォーの構造計算もしていたんですか」と有川が尋ねた。「K建設は個人住宅専門の会社で、七十パーセントがツーバイフォーで三十パーセントが軸組工法です。私はツーバイフォーの係で、最初の一年間は製図ばかりで意匠図と構造図を描いていました。二年目から構造計算をさせていただくようになりましたが、二階建てが主なので、計算といっても建物の形体が告示の規定に適合しているかどうかをチェックすることと、スパン表を参照して部材断面を決定するだけでよいので、構造計算らしい計算とは言えません。ツーバイフォーも三階建ての場合は構造計算が必要になるので勉強はしていましたが、三階建てはめったになく実務はしていません」

「うちではツーバイフォーはほとんど扱わないので、木造の構造計算は在来の軸組工法で三階建てばかりです。しかしツーバイフォーも軸組工法も木造の構造計算のしくみは変わらないので、これまでの勉強は無駄にはならないと思いますよ」

有川はすでに内心で藤野厚子の採用を決めていた。

「先生、この姪《こ》は木造だけではなく鉄筋コンクリート造や鉄骨造の構造計算もできるようになりたいと言っていまして、意欲だけは十分にあります。勉強すれば一人前の構造屋になる可能性はあるでしょうか」と竹下が尋ねた。

「もちろんありますよ。うちの中島君はここへ来たときはほとんど素人だったけれども、勉強して立派な構造屋になっています」

中島が自席で顔を上げ、応接テーブルのほうを見て藤野厚子と目を合わせた。

「ただ、一気に何もかもやろうとしたら途中で挫折する恐れがある。実際そういう人を何人も見てきました。だからできることから始めて手を広げていくのがよいと思う。これまでの知識と経験を活かして、まず木造から実戦に参加してもらいましょう」

竹下が顔を上げて、「じゃ、先生、採用していただけるんですか」

「うちは大会社ではないから、即決です。藤野さんを見て気に入りました。いつからこちらへ来てもらえますか」

藤野厚子が目を輝かせ、有川を見た。

「K建設のほうへすぐに退職願いを出します。継続している仕事の処理と引き継ぎをして、来月からこちらへお世話になりたいと思います」

有川は森さんと中島を応接テーブルに呼んで紹介した。

「森さんは私に替わるうちの代表と思ってください。待遇に関しては追って森さんから知らせます。また、構造計算の技術は私と中島君が指導します。こんな小さな会社ですから、みんな家族みたいなものです。頑張ってください」

「ところで先生、私も建設会社の一員で建築屋なので、ある程度はこの娅《こ》に伝えていたつもりですが、本格的に構造設計技術者になるにはどんな心構えが必要なのか、先達として先生から説明してやっていただけませんか」

「うーん、難しい質問ですね」

藤野厚子が真剣な眼差しで有川を見ている。

「心構えというよりは、どういう人が構造屋に多いか、長続きしている構造屋はどんな性格の人かということなら、一種の傾向があるように思える。私の経験上から感じていることを話してみましょう」

有川は一息入れ、しばらく沈黙してから口を開いた。


「構造屋の一般的な性格をまとめて言うと、几帳面で、慎重で、小心で、臆病。また、心配性で悲観的で、不安に弱く、そのため仕事のうえでは、ごまかしがなく、はったりをしない。まじめで融通のきかないタイプが多い。どちらかというと内向的で、おとなしく、目立つようなことはしない。人前でしゃべることは下手で、司会をしたり挨拶をしたり講義をしたり演説をしたりするのは得意じゃない」

「あまり出世するタイプではありませんね」と竹下が遠慮なく言う。

「そのとおりだ。その意味で構造屋が本業で有名になることはほとんどない。仕事そのものが地味で日の当たらない性質のものだからだ。名が出るとすれば、姉歯事件のように不祥事を起こしたときだ」

「金持ちにはなれませんね」と竹下が笑顔で言う。

「そのとおり。質実で清廉と言いたいところだが、構造屋も普通の人間で、物欲も金銭欲も人並みにある。しかし仕事上も性格上も、そういう機会にはなかなか恵まれないから、確かに金持ちにはなれない」

「建物の安全という大切な仕事を荷《にな》っているのに、それでは気の毒ですわ」と横から森さんが声をはさんだ。

「しかたがないんだよ。それが構造屋なんだ。世俗的な意味での成功者にはなりにくい。贅沢三昧の生活をしている構造屋を私は知らない。べつにそれが高潔で立派なことだと言っているのではない。そういう生き方にしかならないのが構造屋というものだ。総じて金遣いはこまかく、無駄を嫌う。何事も合理的であろうとする。しかし合理的であろうとするその精神は構造設計をするうえで最も大切なことだ」

「同じ建築設計という仕事の中で、構造屋さんは意匠屋や設備屋とは、あきらかにタイプが違うのを私も感じますよ。構造屋さんに嘘つきやはったり屋はいません。しかしそのぶん融通がきかない人が多いのが不満ですね」と竹下が言った。

「でも、建物の安全は私たちの生活にとって最も大切なことなので、その責任を負っているというのは誇らしいことだと私は思います」と、黙って聞いていた藤野厚子が恥ずかしそうに言った。

「建物というものは、構造計算によって本当に安全が保証されるんでしょうか」と、突然中島がつぶやくように質問した。

「そうだな。その点は世間では誤解があるように思う。構造計算を正しくやれば安全な建物ができるとみんな信じている。確かに安全のためには構造計算は不可欠だが、しかしそれで安全が保証されるかといえばそういうものではない」

　四人の目が有川の顔に注がれている。

「まず知っておかねばならないのは、構造計算は常に法的な作業であることだ。やっていることは法適合の確認であって物理的な絶対安全を探求しているものではない。その意味で百パーセントの安全を確保するものではない」

「でもぼくたちは正しい構造計算によって、建物は安全になると信じています。世間の人もそう信じています」と中島。

「もちろん私もそう信じてこの仕事をやっている。しかしあくまで建物の安全という概念は、法的な概念であるということだ。いつの時代でもその時どきの法律に適合していることを安全と呼んでいる。法律は時代の要請と新しい知見で常に改正され変化しているので、そのつど建物の安全も変化していることになる」

「建築は構造に限らずこまかい法律にしばられていますね。設計だけではなく我々施工業者もつねにお役所の規制を受けていますよ」と竹下が言う。

「建築が人間社会になくてはならないインフラであることから、それは当然のことだ。我々は建物を安全だから建てるのではない、社会にとって必要だから建てるのだ。したがって法の規制を受けるのは当たり前といえる。しかし法律が安全を保証するかといえばけっしてそんなことはない。建築に限らず、残念ながら世の中に百パーセント安全というものは存在しない。だから安全を確保するのは可能な限り危険性を小さくすることでしかない。しかしそうしようとすればするほど、実現するためのコストは上がっていく。どんなに金をかけても危険性を完全にゼロにすることはできない。また金をかけるといっても限界がある。我々はコストとのバランスをとりながら、可能な範囲で最大限の努力をして安全を確保しようとしているわけだ。その最低限の基準が法律であって、我々の構造計算はまずそれをクリアさせることが目標になる」

「私がいまやっているツーバイフォーの構造計算では、基準にしたがって耐力壁の配置と部材サイズを決めるだけなので、そのお話はよく分かります。でもみなさんがやっていらっしゃる一般の構造計算は、コンピューターを使った個別の創造的なお仕事ではないでしょうか。基準に適合することが最終の目的ではなく、建物の安全を創り出すクリエイティブなお仕事だと思います」と藤野厚子が言った。

「法律や基準をクリアするだけの構造屋を『マニュアル計算屋』と呼んで、構造設計技術者の中でさげすむような考え方がありますね。本当の構造屋は法律や基準を超えた真の安全を目指さなければならないと言われる」と中島が同意する。

「そのとおりだと私も思う。ただそのこととは別に、まず法律をクリアしなければならないことが、我々構造屋の使命であることを私は言っている。そしていつの時代でも建物の安全はその時どきの法律が担保している範囲の概念であるということだ。

それでは構造計算が単なる法的確認の作業で、誰でも法律さえ知っていればできることかといえばけっしてそんなことはない。藤野さんが言うようにクリエイティブな要素が多分にあって、主として計算に入る前の構造計画の段階で構造屋の力量が発揮される。その結果すぐれた構造屋の設計は力学的にもコスト的にも合理的で、同時に施工のしやすい建物になる」

そう言って、有川は中島と藤野厚子の顔をかわるがわる見た。

「そこで、建築の構造計算とは何をするものなのか、具体的に復習してみよう。建物は我々人間が居住したり作業したりするための空間を構築するものだ。構造計算では、まずその建物にかかる『荷重』を定めなければならない。『荷重』には大別して二種類ある」

「長期荷重と短期荷重ですね」と中島。

「長期荷重は常時荷重とも言われる。建物に常にかかっている荷重のことだ。藤野さん、どんなものがあるか分かりますね」

「自重とか積載荷重……」

「そう、自重は文字どおり建物自身の固定的な重量、積載荷重は床に載る家具や人間などの移動する重量。活荷重とも言う。それ以外に建物に必要な設備の重量、工場などではクレーンの荷重も長期荷重に分類される。地中や水中にある壁面にかかる土圧や水圧も長期荷重。高熱環境にある施設では熱も長期荷重になるし、雪国では積雪荷重が長期荷重として扱われる。要するに長時間かかり続ける荷重を長期荷重と呼んでいる。とすると、もう一方の短期荷重とはどういうものか」

有川は藤野厚子の顔を見た。

「地震、暴風……」

「そう、その二つが典型的な短期荷重だ。それに雪国以外では積雪荷重が短期荷重として扱われる。積雪荷重が長期荷重と短期荷重に分かれる分岐点は、その地の最大積雪量が一メートルを超えるかどうかだ。一メートル以下の地域では短期荷重になる」

「長期荷重にしろ短期荷重にしろ、その大きさは全て法律で定められていますね」と中島。

「そのとおりだ。荷重の大きさは建築基準法と施行令、告示や条例で規定されている。自重などの物理的な数値ですら定めがある。積載荷重は建物の用途別に、地震荷重や暴風荷重などは各地方地域別に、それぞれ詳細に制定されている。構造計算をする我々はその規定から外れることは許されない。法令に規定されていない特殊な値を採用しようと思ったら、理論や実験による根拠を示さなければならなくなる。ふつう我々は特別の知見を持たないから、法令に載っているものはそれに従った値を採用することになる。しかしそうやって決められていることは、構造計算の水準を保つうえでも、構造屋の手間を省くうえでも必要なことで、我々にとってありがたいことだ」

「長期荷重と短期荷重に分けている理由は何ですか」と森さんが尋ねた。

「安全率の問題だ。長期荷重に対しては安全率を高くとる。すなわち余裕をもたせる。いっぽう短期荷重に対してはそれに比べてぎりぎりの設計が許される」

「安全率というのは建物の強度に対する荷重の比と言えるのですか」と藤野厚子。

「建物全体で言えばそう言える。しかし安全率という言葉は様々なケースで使われるもので一種類ではない。漠然と言えば、安全の反対である危険の水準を定めて、それに対してどれだけ余裕があるかという率が安全率だ。最小の部材単位で言えば、その部材にかかる力に対する強度の比ということになる。強度は部材を構成する材料によって決まる数値であり、力は建物の構造解析で計算される個々の部材の応力だ。強度を応力で割った数値が安全率ということになる。

構造計算では規定の安全率があって、長期荷重時と短期荷重時では考え方が異なる。長期荷重に対しては安全率は一・五以上、短期荷重に対しては一・〇以上になっている。ただしこの場合の強度というのは弾性限強度であって破断強度ではない。部材の強度には二種類あり、力を取り去れば元通りに復元して損傷が残らない強度を弾性限強度と呼ぶ。力を加え続けると部材は変形が進み破壊に至るが、そのときの強度を破断強度と呼び、弾性限強度より二三割高くなる。これはあらゆる材料について試験、実験の結果によって定められている。そこで破断強度に対する安全率、すなわちつぶれてしまうことに対する安全率を言えば、長期荷重時には二・〇、短期荷重時には一・三ぐらいということになる」

「なんだか難しくて分かりにくいですね」と森さんが言った。

「そうだな。分かりやすく地震時について説明してみようか。我が国では建物の安全といえば常に地震が問題になるからね。まず、地震が起きる前の状態、これは長期荷重時ということになるから損傷が生じるまでの安全率は一・五、すなわち五割ぐらいの余裕がある。地震が起きると短期荷重時になるが、これは地震の震度によって考え方が異なる。震度五までは損傷を残さない設計を目指しているので、弾性限強度に対する安全率は一・〇、すなわち被害が生じる限界になる。震度五以下の地震はしょっちゅうあるから損傷が残らないようにしているわけだ。しかし何年かに一度、震度五を超える地震が来る。その場合は多かれ少なかれ被害が生じる。世間の人は誤解しているが、震度六や七では建物に被害が生じることはやむを得ないと容認しているわけだ。ではその場合はいったい何を護るのか、言うまでもなく人命だ。すなわち震度六や七では、建物にある程度の被害は覚悟するが、人の命を損なう倒壊だけは起こさせないというのが現在の設計基準になっている。震度六や七はまれにしか起きないから、その時は破断強度、すなわち建物全体では倒壊に対する安全率を規定していて、一・〇ということになる。震度五でも震度七でも安全率が一・〇で同じなのは、震度五では被害が残るかどうか、震度七では建物が倒壊するかどうかが基準になっているからだ」

「安全率の定義はやはり難しくてよく分かりませんが、地震に対する考え方は理解できました。でも震度六や七でも被害がないように設計することはできないんですか」と森さんが尋ねた。

「それはコストの問題なんでしょ」と竹下。

「そのとおり。建物をどんどん強くするのは、材料の強度を上げ、部材を大きくすれば可能だが、当然ながらコストがかかる。建物の寿命中に生じるかどうか分からない、あるいは何十年に一度しかやってこない地震に備えてそれだけ金をかけるのは合理的とは言えない。だから最悪の場合でも人命だけは護るというのが、現在の設計思想になっている」

「地震力というのは構造計算をするぼくたちにとって最も神経を使う荷重なんですが、長期荷重や暴風荷重や積雪荷重と違って、建物に外からかかるものではなく、地盤がゆれることによって生じる力ですね。その点が特殊な気がします」と中島。

「そうだね。『地震力』と私たちは言っているけれども、外からかかる力ではなく、実際は振動という動的な現象なんだね。私たちの構造計算はそれを水平にかかる静的な力に置き換えてやっている。その大きさは建物の重量に比例するものとして、各階が支えている重量に係数をかけて計算する。『層せん断力係数』と呼んでいるが、建物の最下階で〇・二とし、上階へ行くほど値を大きくする。最上階の係数は一階の倍以上になることもある。もちろんこのやり方はこれまでの構造計算の歴史から理論的経験的に決められたもので、法令化されている。なぜ静的な力に置き換えるかといえば、計算しやすくするためだ。今はコンピューターで構造計算をするようになったが、昔はそろばんと計算尺を使った手計算だった。普通の四則演算で計算していたので、建物の振動という現象を静的な力に置き換えるしかなかった。それが構造計算だった。しかしコンピューターの発達にしたがって今は研究が進み、実際の振動をありのままに数学的に解析する手段が確立されている。連立微分方程式を解くのだが、超高層建物や原子力発電所などの重要建物では義務づけられている。それを動的解析と呼ぶ。もちろん大型コンピューターを使う高度な計算だ。現在はパソコンが誰でも使えるようになったから、一般の建物でも動的解析を用いてもよいようだが、そして実際に使用されてもいるが、しかし産み出される建物の数と規模、設計に携わる人の数と能力を考えたら、時間とコストのかかる動的解析は現実的ではなく、従来手法である静的解析で実用上は十分なのだ。我々街の構造屋はこの分野で仕事をしており、超高層建物など、動的解析を必要とする高度な設計は、大きな建築事務所や大手ゼネコンの守備範囲になっている。いずれにしろ、現在行われている耐震設計の方法は、一九八一年に改正された耐震基準によるものだ。この基準を『新耐震』と呼んでいるが、これによって我が国の耐震設計は大きく改革された。それがはっきりしたのは阪神淡路大震災だ。阪神淡路大震災では、『新耐震』以前の建物と以後の建物での被害の差が歴然となった。『新耐震』の正当性が証明されたわけだが、そのおかげで『新耐震』に適合しない危険な建物が日本中に無数に存在することが再認識された。『既存不適格建物』と呼ばれ耐震化が求められているが、我々構造屋はその対策にも取り組んでいる」

「耐震診断ですね」と中島。

「学校建築や官庁建物、公共施設が先行して耐震診断が行われ、最近はいろんな企業の建物やマンション、個人の住居も耐震診断が行われている。それを促進するための法律があり、計算方法が定められている。耐震診断も法に基づく行為なんだよ。そこで耐震診断の計算だが、一般の構造計算と大きく異なる点がある。それは、耐震診断では建物の倒壊だけを問題にすることだ。さっき出てきた長期荷重時も短期荷重時も問題にせず、地震時に倒壊する危険性があるかないかのみを検討する。耐震診断は既存の建物を対象とするので、これまで安全に建っていたわけだから、一九八一年以降の『新耐震』で定められた耐震性だけを問題にするわけだ。すなわち震度六以上の大地震に対して倒壊の危険があるか否かを判定する」

「古い建物は診断をするとたいていもたないので、耐震補強が行われていますね。うちもだいぶんやりました。工事の手間はかかるんですが、利益率はけっこういいんですよ」と竹下が言った。

「その耐震補強は鉄筋コンクリート造でも鉄骨造でも木造でも行われているが、鉄筋コンクリート造がやはり一番問題になる。さっきも言ったように地震力は建物の重量に比例するので、重い鉄筋コンクリート造が最も不利になる。補強の方法は色々あるが、効果的なのは耐震壁を増設することだ。壁は地震に対して最大の抵抗部材だ。建物の外面や屋内に新しく鉄筋コンクリートの壁を造るのだが、しかし窓をつぶしたり室内の空間をさえぎったりするので、建物の使用上の機能を損なう欠点がある。そこでそれを避けるために外壁面に鉄骨の枠と筋かいを増設することも広く行われている。街でよく見かけると思うが、これは採光という窓の機能をつぶさずに耐震壁と同様の耐力を付与するものだ。ただ、いかにも補強しましたという大げさなものになるので、外観のデザイン上は好ましくない。建物の資産価値にも影響するので、もっぱら学校や役所の建物で採用されている」

「炭素繊維を柱や梁に巻き付けたり壁に貼ったりする方法もありますね。そのほかにも色々な工法が考えられていますよ。うちも何件か工事しました」

「そう、炭素繊維は鉄よりもはるかに軽く強度は鉄以上という新しい素材だ。これを利用する工法が考案されている。また、それ以外にも建物の機能を損なわずに耐震化する工夫が様々に行われているけれども、オーソドックスな方法で忘れてはならないのはスリットの増設だ。スリットというのは鉄筋コンクリートの柱とそれにつながる壁との間に溝を付けて切り離すものだ。壁の厚さ全体を完全に切る方法と厚さの一部を残して部分的に切る方法とがある。どちらも考え方は同じで、柱は柱、壁は壁で別々に変形できるようにするものだ。鉄筋コンクリートの壁は厄介なもので、耐震部材としてきわめて有効であるかわりに、変な形の壁が柱にくっついていると、それが邪魔をして柱が脆い破壊を起こすという難点がある。『短柱のせん断破壊』と呼ばれるものだ。柱は建物の重量を支える重要な部材なので、建物のどこか一箇所で柱が壊れると、それが引き金になって連鎖的に破壊が進み建物の崩壊を招くことがある。このことは何度も地震を経験して理論的に解明されてきたことだ。最近は耐震優先のために新築の建物ではスリットが多用されている。しかし以前の建物では柱と壁が一体になっているものが多いので、窓や出入り口の側部で柱と縁を切るスリットを増設することが有効な補強方法になる。専門的に言うと、柱の変形可能高さを大きくして脆性破壊を避ける手法だ。柱をせん断破壊型から曲げ破壊型に変えることで粘り強さを増す。ただし外壁のスリットは防水上の弱点になる」

「この前、大手不動産会社の名古屋のマンションで、スリットの未施工という欠陥が報告されて問題になりましたね。たしかにスリットは我々施工屋にとっては面倒な工事で、防水上も気密上もない方がよいものです」

「スリットは、新築にしろ耐震補強にしろ、設計者が意図して計画的に用いるものだから未施工や施工不良は許されないし、力学的に設計どおりの施工が望まれる」

「最近は鉄筋コンクリート造ではスリットだらけですが、我々施工屋から見るとかえって建物を弱くしている気がします」

「新築の場合、耐震性を高めるというより、構造計算のモデル化を単純にするためにスリットを設けることが多いね。私もそれには疑問を感じている。壁は耐震部材としてだけではなく上部の長期荷重を支える意味でも有効な部材だから、鉄筋コンクリート造でせっかく柱と壁が一体化している建物をスリットでずたずたにしてしまうのはどうかと思う。壁を邪魔者扱いにして、有効な壁までその効用を利用しない設計をしているきらいがある。その大きな理由が計算の単純化、効率化にあることが問題だ」

「スリットを設けないで壁を正しく評価して利用する計算方法も提案されていますね」と中島が言った。

「計算モデルが複雑化して構造解析が難しく厄介になるので、我々構造屋は安易にスリットを採用する傾向がある。これには現在の確認審査にも問題がある。適判制度が始まってから、計算モデルを単純化しないと様々な質疑、指摘が審査機関から返ってきて、その対応に難渋することがある。壁のモデル化は我々にとって難題だ。そのため壁を切り離すのが最近の流行になってしまった。しかし、それが本当に建物の耐震性を高めることになっているのかどうか、今一度反省しなければならない。我々構造屋には難問すぎるので、スリットの功罪について、もっと大学や大手ゼネコンで実験を含めた研究を進めてほしいと思う」

「先生、さっきから震度の話が出ていますけれども、震度六と震度七では設計の方法は違うんですか」と森さんが尋ねた。

「これまで震度という用語を地震の大きさを測る尺度として使って説明してきたが、これは気象庁が定義している十段階の震度階級のことで、例えば震度六では『立っていることが困難になる』、震度六強では『立っていることができず、這わないと動くことができない』、震度七では『固定していない家具のほとんどが移動したり倒れたりし、飛ぶこともある』などと定義されている。他にも震度別に建物に生じる被害の状況が示されているが、そういう現象による定義ではなく、実際は計測された加速度に基づく震度の計算式があって、地震が起きるとすぐに計算されて決定値が発表される。報道で真っ先に出てくる震度情報はこれだ。

しかし建築の構造計算では、この気象庁震度に関連付けられた計算方法は定められていない。

構造計算では、部材を損傷のない弾性範囲内に留めておく長期荷重時および短期荷重時と、部材が損傷しても建物の崩壊を防ぐ終局耐力時の二つのフェーズを扱っている。地震時について大まかにいうと震度五強以下は短期荷重時、震度六以上は終局荷重時に相当する。だから震度六でも六強でも七でも、構造計算では建物を倒壊させない設計という点で区別はない」

「熊本の地震で、震度七が二日間のうちに続けて襲ってきて倒壊した建物がたくさんありましたね。一回目の震度七では倒壊しなかったのでそのまま居残ったり、またいったんは避難所に行ったけど自宅が倒壊しなかったので戻ったりした人々が、二度目の震度七で下敷きになって死亡しました。あれは痛ましかったですね」と森さんが言った。

「私のこれまでの記憶ではこんなことはなかったですね。世界中でもほとんど例がないんじゃないですか」と竹下。

「私もびっくりしたよ。こんな経験は全くない。地震の専門家も、建築構造の学者も、役人も、みんな初めてのことじゃないか。これまでの常識は、震度七の本震のあとは最大五程度の余震が続くというものだった」

「九州中央部という地域特有のことかもしれませんね。江戸時代にも同じことがあったと発表している大学の先生の意見をネットで読みましたよ」と中島が言った。

「私の推測だが、こんなことは直下型地震でしか起こりえないと思う」

「熊本の地震は直下型、阪神淡路大震災も直下型、どうも建物の被害は直下型のほうが大きい気がします。それに比べると海溝型地震の東日本大震災はほとんどが津波の被害で、地震による建物の直接被害は小さかったですね」と中島が続けた。

「よく知られていることだが、我が国を襲う地震には二種類あり、太平洋の海底で起きる海溝型地震と、近海または日本列島の下部で起きる直下型地震とがある。近代の巨大震災では、東日本大震災や関東大震災は海溝型、阪神淡路大震災や熊本地震、それに福井地震や新潟地震などは直下型ということになる。海溝型の巨大地震は何十年に一回しか起きないが、直下型地震は頻繁に起きる。両者の違いを言うと、海溝型は大規模で水平のゆれが大きく、直下型は上下動と水平動が重なった衝撃的なゆれになる。我が国の耐震技術は関東大震災の経験から学んで進歩してきたので、水平動に対しての対応は十分になったが、上下動を含む振動には未知の部分があってまだ十分とは言えない。我々の構造計算も上下動は本格的に扱っていない。そのせいで現在は直下型のほうが建物の被害は大きい。震度七の地震が続けて二回襲ってくるようなことは直下型地震でしかありえないが、熊本で起きるまでは誰も予想していなかった。今後はその対策を考えていかねばならないだろう」

「強度を大きくしておくしか仕方がないんでしょうね」と中島がつぶやいた。

「今のところそれしかないだろうね。熊本地震の後、京都大学の先生の研究発表があったが、木造住宅では耐震強度を一・五倍にしておけば二度の震度七にも耐えられるだろうということだった」

「それはそうでしょうが、そんなことをしたらコストが上がって成立しない」と竹下が言った。

「技術革新で、二度の震度七に耐えられる方法は開発されないものでしょうか」

「今のところは強度を高めておく方法しか考えられないだろうね。一回目の震度七でできるだけ余力を残し、二回目の震度七に対して倒壊を免れるというわけだ。しかしそうだとして、どの程度強度を大きくしておくか、二割か三割か五割か、現状では誰もそれで安全という根拠を示せない。だからいずれは国が方針を出すしかないだろう」

「仮に法律でそれを義務づけて、あらゆる建物を今より五割も強度を高めるというようなことになったら、建設コストはどんなことになるか」と、再び竹下が気にした。

「熊本では確かに震度七が続けて二度襲ってきましたが、そんなことが日本中のどこにでも生じるとは考えられない。法令化するにしても地域による差を設けなければならないと思います」と中島が言った。

「難しい問題だね。九州はこれまで地震が少ないため、地域係数によって緩和され、地震力を二割も小さく設計してよかった。その九州でこんな予想外のことが生じたわけだから、全国で地域別に強度割り増し率をつくるのは困難だろう。そのうえ、どんな規制にしろ法律で定めると別の問題が生じる」

「既存不適格の問題ですね」

「そう、さっきも言ったが一九八一年の『新耐震』はそれまでにつくられた全ての建物を『既存不適格』にした。それと同じことが起きる。我々は今後、現在建っている建物について、震度七に二度耐えられるかどうか診断し、もたない場合は補強対策を講じなければならなくなる。法令化するということはそういう副作用があるんだよ。おびただしい数の『既存不適格』を生み出す」

「大混乱になりますね」と竹下が言った。

「そう。土地や建物の資産価値に影響するからね。だから法律で定めるのは慎重にならざるを得ない。やるとすればオープンな議論と政治的決断が必要になる。それでも、現実に震度七が二度襲ったわけだから、国として何らかの対応をとらなければ国民の安全を守ることにならない」

「国土交通省は困っているでしょうね」

「結局、任意制にせざるを得ないのではないか。現在、個人住宅では、住宅性能表示制度で耐震等級一から三が定められていて、選択によって耐震強度を割り増しするようになっているが、それをすべての建物に広げて、強度一倍、一・二五倍、一・五倍の三段階から建築主が選ぶようにする。そのうえで国土交通省は、今ある活断層の態様から震度七が二度起きる恐れのある地域をゆるやかにでも認定して開示する必要があるだろう。

ただ任意制にしておけないものがある。建物の種類によって公共性の高いものには高強度の等級を勧告する。また、官庁、公立学校、公立病院など行政の建てる建物は初めから高等級を義務づける。同時に耐震補強も進める。おおむねそんな方向になるのではないだろうか。当然建設コストは上がるが、それは地震国日本の宿命と思うしかない」

　有川はそこで言葉を切った。しゃべり続けたせいか息苦しさを感じ、咳の発作を恐れて大きく深呼吸した。

「藤野さん。お話を聞いて、これからこの仕事をやっていくうえで、どんな感想を持ちましたか」と森さんが尋ねた。

「構造屋さんて本当に真面目で誠実なんですね。いつも真剣に建物の安全を考えていらっしゃる。私も頑張ります」

「そうだよ、構造屋さんはいい人が多い。私がしょっちゅうここへお邪魔するのは、この人たちが好きだからだよ。先生、どうかこの姪《こ》をよろしくお願いします。一人前の構造屋にしてやってください」と竹下が頭を下げた。

第七章

月が変わった。有川の体調は小康を保っていた。しかし少しずつ確実に病状が進んでいることを有川は感じていた。咳の発作の間隔が短くなっている。発作は夕食後に訪れることが多く、一度始まるとなかなかおさまらなくなった。病院からもらっている薬は三種類で、咳の緩和薬、服用の痛み止め、局所的な激痛が出た場合の貼り薬であったが、幸い痛みはほとんど感じなかったので、咳止め薬だけがどんどん減っていった。

二日前に三回目の外来診察を受けた。医師は、進行が思った以上に遅いのでこのままの生活を続けてくださいと言った。いつか激変が来るかもしれないが、それまでは普段のままでよいとのこと。薬は減った分を補充する形で処方された。有川は、必ず来る執行を猶予されただけの身であることを、改めて悟った。

私生活で変化があった。森さんが泊まるようになったのである。これまで森さんは、有川の私生活の手助けはしても、事務所の職員としての立場を守り、有川の居宅に宿泊することはなく、どんなに晩くなっても毎日徒歩で十五分の自宅へ帰っていった。二週間前、いつものとおり森さんがつくった夕食を二人で食べ、森さんが台所で食後の始末をしているとき、リビングのソファーで突然咳の発作が始まった。食べたものがこみあげてきてあわてて洗面所へ走る途中で床に吐瀉した。かけよった森さんが有川を助け起こし、ソファーに横たわらせた。咳はやむことなく続き、有川は脂汗を流した。森さんは水を持ってきて咳止め薬を呑ませ、有川の背中をさすり続けた。その日の発作は近日にはない重いものだった。森さんはあえぐ有川の背や腰をさすり、まるで母が子にするかのように励まし続けた。ようやく寝室のベッドで有川を眠りにつかせた後も、森さんは自宅に帰らず、その夜はリビングで仮眠した。その日から、おのずと有川の居宅に泊まることになった。容体の急変に対処するには、有川の傍らに常在することが必要と知ったからである。そのことを森さんは有川には告げず、黙って実行した。和室の押し入れから、客用のほとんど使われていなかった夜具を出し、そこで寝た。昼間何度か自宅に帰り、日常生活に必要な自分の物を運んだ。有川はそんな森さんの変化を黙って見守った。互いに話さなくても意味は解っていた。有川はありがたいと思った。

まるで再婚したかのような生活がそれから二週間続いている。朝、寝室で目が覚めると、台所で朝食の準備をする森さんの気配を感じる。包丁を使うこつこつという音は三十年ぶりに聞く懐かしい音である。朝食の熱いごはんとみそ汁はもう何年も味わったことがなかった。普段は、冷蔵庫の食品を温めるか、パンを焼いて食べるか、手のかからない独身用のメニューだった。これまでも、森さんは休日を除く毎日の昼食や夕食の調理をしてくれていたし、室内の掃除や洗濯などの家事を過不足なくやってくれていたが、それはあくまで家政婦の役割でしかなかった。そうではなく、常に傍にいる女性が身の回りの世話をしてくれることに、有川は忘れてしまっていた安らぎを覚えた。森さんの存在が、亡妻との結婚生活の断片を事ごとによみがえらせた。

仕事の場でも変化が感じられた。一箇月前、「かんざき」で後事を託して以来、森さんと中島は、時々今後のことを話し合っているようだった。朝の遅れた時間に有川が事務所に下りていくと、打ち合わせテーブルで書類を前に、額を寄せて相談している二人の姿が見られた。二人が事務所の運営に主体的に動き出しているのが感じられ、有川は好感を持ってそれをながめた。これまでは個々の仕事でひとつひとつ有川の指示を待つところがあったが、細かいことはそれぞれが自分で処理するように心がけているようだった。

月初めから藤野厚子が出勤していた。若い娘の登場が事務所内の雰囲気を大いに変化させた。竹下が初めて連れてきた日には分からなかったが、厚子は屈託なくよくしゃべる娘だった。有川の現状を知る二人が沈みがちになるのを、厚子の冗談やダジャレが明るくした。

有川が期待したとおり、藤野厚子はすぐに役に立った。三年間のK建設でのツーバイフォーの経験が無駄ではなく、木造の構造計算には有川の指導の下ですぐ対応できた。これまで木造の物件はもっぱら有川が担当していたが、厚子に手伝わせることで負担が軽減した。

五つの得意先からの仕事を、これまでどおり停滞なく処理していくには、まだまだ有川の力が必要であった。しかし有川の消化量は明らかに落ちていた。定例の打ち合わせをする月曜日以外は、朝事務所に入るのが遅くなった。そして何よりも残業が減った。夜になると体がぐったりし、構造計算の思考が続かなくなった。うっかりと判断を誤ることを恐れ、有川は夜は仕事を離れて休息することにした。そのため、負担は森さんと中島と藤野厚子にかかった。三人は夜遅くまで居残って仕事した。それでも消化しきれない作業は外注に委ねた。

有川はリビングのソファーに腰かけ、ぼんやりとヨーロッパの旅番組を流しているテレビを眺めた。今夜も三人は残業で、一階の事務所の方から気配が伝わってくる。森さんが上がってくるまでまだ時間がある。最近は、傍に居てほしいという願望が心にきざしているのを感じていた。

有川は、これまで自分の人生に深くかかわった女性に思いをめぐらした。最も密接な関係と言えるのは、やはり十二年間共に暮らした亡妻だろう。有川の人生の中核を占めている。死者は美化されるのが常ではあるが、今も亡妻を想うと痛惜の念にとらわれる。自分だけがこうして生き延びていることに忸怩たる思いがある。もし妻を喪わなかったら、有川の人生はどのようになっていただろう。おそらくその場合は、構造屋として今とは違った人生を送っていただろうと思う。当時のまま建設会社の社員として定年まで勤めていたに違いない。

その次に深くかかわっているのは森さんである。独立して構造設計事務所を創設後、五年目に有川の許にきた。それから二十年、当初は事務職員、その後は有川の私生活の援助も兼ねたパートナー、そして最近は保護者ともいえる存在。男と女の交わりはなくとも、森さんは現在の有川にはかけがえのない伴侶になっている。

そしてもう一人、有川がけっして忘れえぬひと、それが下房恵美である。有川が二十三歳のときのたった七箇月の出会いであったが、生涯消えない思い出を残した。

あれからすでに四十五年の月日が経った。

地方の大学を卒業した二十二歳の有川は、大阪の建設会社に就職した。当時の日本は高度成長期を迎え、あらゆる企業が多くの人材を確保すべく求人を増やしていた。有川の入った建設会社も、その年、百人を超える新入社員が入った。会社は建築工事が七割、土木工事が三割を占める総合請負会社で、新入社員もそれに比例して、建築系が六十パーセント、土木系が二十パーセント、事務系が二十パーセントであった。

会社では、新入の一年間は全員が現場を体験することを義務づけていた。建設業は工事が本業であって、その現場経験なしにどんな業務もあり得ないという、創業以来の考え方が受け継がれていた。当時は、たとえば電力会社では新入社員の訓練で電柱登りをさせたり、電鉄会社では全員に運転席で電車の運転技術を学ばせたりすることが、当然のごとく行われていた。そんな時代であった。

有川たちは四月に入社し、全員が寮に集められて二箇月間の共同生活と研修を受けた。会社の沿革、組織、業務内容、社是、モットー等が短期間に教え込まれた。各人には、一年間の現場経験の後に会社でどんな業務に就きたいかが訊かれ、有川は建築構造設計と答えた。

有川の配属現場は淡路島の観光ホテル建設工事であった。経済成長の波は淡路島にも及んでおり、島内の景気が上向くと共に、島外からの来訪者が増えていた。新しい観光ホテルは、それまでその地で日本式の旅館を経営していた事業主が、思い切って宿泊客を三倍に増やす目標のもとに、洋式ホテルのシステムを取り入れて計画されたものだった。その頃、従来の釣り客とゴルフ客、海水浴客に加えて一般の観光客がそれを上回る勢いで増えてきていた。淡路島を通る本四連絡橋の提案も公になっており、観光地として将来発展することを見越した投資であった。

既往の旅館は「望月荘」という名で、先代の下房宇一が海沿いの湾内に建てたものだった。湾から眺める月がひときわ美しいことからその名がつけられた。当初は木造の二階建てで部屋数が十程度であったが、客数が増え、増築を経て、今は室数が二十になっていた。先代を継いだ下房信一がこれを三倍にすべく、今回鉄筋コンクリート造七階建ての新館を増築しようとしていた。出来上がればそれを「望月荘本館」と呼び、旧建物を「別館」と呼ぶことになっていた。もともと下房家はこの地域の大地主で、散在していた土地を整理して売却した金と新たな借入金で建設費用を調達していた。

有川が赴任した時、工事は始まったばかりで基礎杭打設に着手する直前であった。有川が滞在する一年後には最上階のコンクリート打設が終わる予定になっていて、有川が望んだ構造設計に最も関係する躯体工事を一貫して経験できることになっていた。会社の人事部は有川の一年後の配属志望を考慮してこの配置を決めていた。

有川と一緒にこの現場に赴任したのは、村上という事務系新入社員であった。現場は五十歳の柳田所長以下十八名のスタッフがおり、有川と村上の二人が加わった。

柳田所長はもともと淡路島の出身で、十五年前から会社が受注する島内の全ての工事を任されていた。今もこのホテルのほかに二棟の個人住宅と一棟の食品加工工場の工事を持っていた。それらはいずれも仕上げ工事に入っており、完了次第この新しいホテル工事に総力を結集することになっていた。

現場員は有川たちを合わせて二十名になったが、技術系が十六人、事務系が四人、四人の事務系のうち二人は女性であった。ホテル以外の三つの現場にはそれぞれ別の技術系社員が就いていたが、事務系は全て所長が常駐しているこのホテルの現場に集約していた。

事務の女性のうちの年配の馬場さんが、有川たちに現場での日常習慣や宿舎の案内等の世話をやいてくれた。馬場さんも淡路島の出身で、柳田所長の許で十年以上働いていて、事務関係の責任者であった。

柳田所長は温厚な性格で部下の面倒見がよく、仲人をするのが趣味で、淡路島の現場に来た社員で所長の肝いりで島の女性と結婚した夫婦がすでに四組もできていた。それぞれ現場が変わって大阪や神戸の工事に移っていたが、夏冬の休みにはしょっちゅう淡路島に渡り所長を訪ねてきていた。

所長の人望は厚く下請けの協力業者の受けもよかった。予算があるときは適正な利益を分配し無理な要求はしなかった。そのかわり予算の厳しい工事の場合は業者に泣いてもらうこともあった。

会社にとっては淡路島における工事は全面的に柳田所長に任せておいてよかった。合理的な工事計画と効率的な現場運営で、堅調に利益を上げていた。会社は柳田所長を信頼していて、いずれ神戸支店長から取締役への出世が噂されていた。しかし所長は現場が好きで、できたら自分はここから離れたくないと、会社の幹部にも部下たちにも言っていた。

着任した有川の仕事は躯体工事の図面を描くことから始まった。鉄筋コンクリートは、合板でつくる型枠の中にコンクリートを打ち込むことによってつくられる。コンクリートは圧縮に対しては強いが引張に対しては弱い。そこで鉄筋を入れて強化する。すなわち鉄筋コンクリート部材はコンクリートと鉄筋の複合によって成り立つ。英語でＲＥＩＮＦＯＲＣＥＤ（補強された）ＣＯＮＣＲＥＴＥ、略してＲＣと呼ぶのはその謂いである。

現場では、設計図に基づいて型枠製作用のコンクリートの形状図面を描く。また、設計図に基づいて、鉄筋の加工用図面をつくる。有川の志望が構造設計であることを聞いて、所長はこれらの図面作成の仕事を有川に課した。同時に躯体工事の実態をよく見学するよう有川に命じた。

有川たちが現場の仕事に慣れてきた八月に、新人と異動で着任した人の歓迎を兼ねた懇親会が行われた。全現場員と、協力業者の代表者を集めて総勢四十名ほどが出席した。ホテル工事が始まって延び延びになっていた最初の壮行会であり、盆休みに入る前の慰労会でもあった。新人の有川と村上には自己紹介と隠し芸の披露が課せられた。有川はこれといった特技もなかったので、石原裕次郎の歌を唄った。特に目立つこともなくごく普通の新人という印象でみんなに認知され、そのまま盆休みになった。盆休みは三日間で短かったので、有川は故郷へ帰らず、一人で淡路島の観光をした。鳴門のうず潮がめずらしく、多くの見知らぬ観光客と一緒に見物した。

休みが終わって現場が再開した。有川が基礎と地中梁の鉄筋加工用図面を描いている製図版の横に事務の馬場さんがやってきた。

「有川くん、先日の裕次郎の歌、とってもよかったよ。声も節まわしもいいし言葉もはっきりしていて聞きやすかった。歌がうまいんだね」

有川は照れて顔が赤らむのを感じた。歌は好きだったが、あまり触れてほしくない話題だった。

「実はお願いがあるんだけど、私たちのコーラスサークルに参加してみない？」

「えっ？　コーラスですか」寝耳に水の勧誘で有川はびっくりした。

「実はね、男声パートが足りないの。説明しないといけないんだけど、私たち前から好きな人が集まって合唱団をやっているの。この近くの公民館で毎週一回練習しているんだけど、男性会員が少なくて混声合唱が組めないのよ」

馬場さんはやや声をひそめ、同好の有志でやっているコーラス活動の状況を説明しはじめた。

二年ほど前、馬場さんは高校の同窓会でコーラス部の旧友と再会した。

「またやりたいわね」という声が誰からともなくあがり、賛同した仲間が後日集まって相談した。やるとなったら最も熱心な馬場さんが幹事になり、具体的な計画を練ることになった。必要なのは場所と指導者である。馬場さんの夫は近くの公民館に勤めていて、土曜日の夕方六時から公民館の談話室が借りられることになった。談話室にはアップライトのピアノがある。

高校時代のコーラス部の顧問の先生はすでに他界していて、別の指導者を探す必要があった。仲間の一人が、皐月医院の若先生が大学時代にコーラスをしていたという情報を仕入れてきた。さっそく馬場さんは軽い風邪を理由に医院を訪ね、若先生の診察を受けながら自分たちのコーラスサークルの指導をしてもらえないかと打診した。

若先生の皐月真一郎《さつきしんいちろう》は、医科大学を出て所定の研修期間を経たあと、実家の医院に戻り一年が経っていた。

「忙しくてそんな暇はないですよ」

医院の診療業務に慣れ、多忙な毎日を送っている真一郎には論外のことに見えた。しかし若干心を動かされるものがあった。というのは、真一郎には極めて強い音楽への傾倒があり、少年期から始めたバイオリンの習熟に今も励み、クラシック音楽の鑑賞は日常の習慣になっていた。住まいにリスニングルームをつくり、数百枚のLPを持っていた。楽譜が読めるので、曲によっては手に入ったスコアを読みながらレコードを聴くのが習わしになっていた。そこから音楽表現の技術を学び、自分なりに曲想を育てた。学生時代にコーラスをやっていたのは事実であり、歌うよりも指揮することに興味があった。

医業の多忙からいったんは断ったものの、真一郎は再度勧誘されたら引き受ける気になりかけていた。馬場さんはそんな真一郎の心理を感知していたのか、二週間後に医院を訪れて再度若先生の顔を仰いで依頼した。

「ピアノの伴奏者は決まっているんですか」

承諾の返事のかわりに、真一郎はそんな質問をした。

「ええ、望月荘のお嬢さんから内諾をもらっています」

望月荘の下房家には一男一女があり、妹の恵美は神戸の短大を出て実家に帰っていた。幼少期からピアノを習い、短大時代には大学の合唱部のピアノ伴奏を担当していた。そのことは真一郎も知っていて、

「なら、やってみましょうか」と話は成立することになった。あくまで趣味の同好会としてみんなで楽しむという趣旨から、二人への謝礼は不要ということになった。

それから二年、活動は思った以上に盛り上がって続いてきた。初めは馬場さんたちの高校合

唱部のOBが主で、その後は合唱部の後輩たち、それから口コミで参加した主婦などで、今では二十名以上のメンバーになっていた。ただ、女性ばかりで男性は数名に過ぎず、しかも毎週土曜日の例会に男性は現れないことも多かった。

曲目はしたがって女声が主体となるものに片寄り、男声はお添え物のような雰囲気での演奏を余儀なくされていた。それでも大体四箇月から半年ごとに新しい曲に取り組んでおり、これまでの二年間に数曲のレパートリーができていた。例会ではその中から皆の希望によって一、二曲歌って愉しんだ後、取り組み中の曲の練習をするのが常だった。

高校のコーラス部での経験者が多かったので上達は速かった。真一郎の指導も熱心で合唱レベルが向上しているのをみんな感じていた。

淡路島では一般社会人の合唱コンクールが毎年二月にあり、それに出たいという機運が生じていた。真一郎も意欲的で、レパートリーの中の「ともしび」とこれから半年の間に練習する「流浪の民」の二曲でエントリーしようという合意ができた。そのような話は毎回例会のあとで談話室のテーブルを囲んで小一時間持ち寄った茶菓を口にしながらする歓談で決まった。医業で多忙の真一郎もできるだけそのおしゃべりに居残って参加した。ピアノの恵美もたいてい隅の席でみんなの話を聴いていた。

「ともしび」も「流浪の民」も混声四部合唱で演奏するのが望ましい。男性部員が少ないので増員の必要があり、勧誘のため馬場さんが有川に白羽の矢を立てたのであった。

「コーラスなんて全く経験がありません」有川は辞退した。

「いいのよ。男性は低音部の声を伴奏のように響かせてくれればいい。曲は私たち女がつくります。村上くんはＯＫしてくれたので、ぜひ二人で参加してください」

同期入社でこの現場に共に配属された村上は気のいい明るい性格で、気軽に参加を決めたらしい。上司である馬場さんの頼みでもあり、有川も仕方なく首をたてに振った。

こうして有川は八月末の土曜日の夕方、初めて例会に出席することになり、それは今にして思えば運命的な下房恵美との出会いになった。四十六年前のその日のことを、有川ははっきりと憶えている。

馬場さんに連れられた有川と村上は、現場の作業の都合で六時の開始に少し遅れて公民館の談話室に入った。メンバーはすでに所定の位置に並んでいて、三人は皆の後ろから近づいた。正面でこちらを向いて立っているのは指揮をする皐月医師だろうとすぐに分かった。もう一人左端でピアノに着いている女性の姿が目に入った。目の前にはその他の十数名ほどの背中がある。馬場さんが、

「すみませーんみなさん。遅れてごめんなさい。男性二人をスカウトしてきました」と、声をかけた。皆が一斉に振り返った。

「紹介します。有川さんと村上さん、新しいメンバーです」

全員の顔がこちらを向いた。その一瞬、有川の目はピアノの前で立ちあがってこちらを見て

いる女性にくぎ付けになった。後日、今有川が携わっているホテル建設の施主である下房信一の娘と知ることになる、恵美であった。

有川の目に映るその女性はかつて見たこともないほど美しかった。白のブラウスにごく薄いピンクのスカート、少し微笑んだ色白の顔、半袖から出ている柔らかな感じの腕と手、膝丈のスカートから伸びている、形の良い両脚、肌の色が透きとおるように白く、整った顔立ちから黒い瞳がまっすぐにこちらを見ていた。有川はその清らかな姿と顔に神々しさを感じた。目が離せなかった。

有川はテノール、村上はバスに編入され、男声六名、女声十四名の編成で、その日は「ともしび」の復習をした。新人が入ったことで、特に男声パートの練習時間が多く取られた。メロディは解りやすく有川はすぐに慣れた。唄いながらも有川の目はすぐにピアノの女性に吸い寄せられた。鍵盤を走る白い指、時々左右前後に動く少女のような顔とうなじ、髪はポニーテールに束ねてあり、曲のリズムに合わせるかのようにゆらゆらと揺れた。有川はその姿の高貴さに打たれた。

一時間半ほどの練習が終わり、いつものようにおしゃべりの時間になった。寄せてあった談話室のテーブルをロ形に戻し、皆がぐるりと取り囲んで坐った。お茶が配られ、菓子が置かれた。皐月真一郎が正面の中央に坐りその隣に馬場さん、他のメンバーは任意の席に着いた。有川と村上は中央から遠い一隅に並んで坐った。ピアノの女性はその対角線の隅に着席し、静かに微笑んでいる。有川の目はその姿から離れられなかった。

馬場さんに促され、有川と村上が順番に立った。二人ともホテル建設現場の社員であることを知らせる簡単な自己紹介をした。しゃべっているあいだ有川は、視線がぶつかることを恐れて対角線の方向に目を向けることができなかった。それでも着席する瞬間、有川は彼女を見た。目と目が三秒間ほど合った。彼女は微笑んでいた。胸がどきんとし、顔が赤らむのを感じて、有川はあわてて視線をそらせて席に着いた。

四十六年前の、それが下房恵美との出会いであった。


恋には様々な始まり方があるに違いないが、有川の下房恵美への恋はこうして一瞬のうちに始まった。よく恋は運命と言われる。それはまさしく運命であった。そしてこの恋は七箇月後に下房恵美の拒絶で終わる。振り返ればその七箇月は有川にとって、喜びと苦しみと希望と絶望とがないまぜになった、きわめて濃密な日々の連続であった。

有川が恵美に会えるのは毎週土曜日の例会に限られた。有川は仕事上のどんな制約があっても出席した。そこで恵美を見ること、見つめることが人生の最優先事項になった。合唱の練習中はピアノを弾く恵美の横顔を見、練習が終わっておしゃべりの時間になると遠い席から恵美の表情を見つめた。高貴で美しかった。初めのうちは目を合わすことを恐れたが、次第に視線が合うことを渇望するようになった。目を合わすと恵美は決まって二三秒間有川の視線を受け止めた。ときには有川に微笑むこともあった。有川は高鳴る胸を意識しながら、ひそかにしかし全霊をこめて、目で愛を伝えた。それしかできなかった。近寄って言葉をかける勇気はなかった。

恋愛をする者はそれにふさわしい技術を要する。それは言葉を用いる技術である。しかし有川には、恵美に対してどんな言葉を発すればよいのか見当がつかなかった。「好きだ」「愛しい」「愛している」、あらわせばそういう言葉になるであろうが、口に出すとあまりにも陳腐で軽く、有川の心を正しく表現するものではなかった。

合唱の練習は順調に進んだ。「ともしび」と、新しく取り組んでいる「流浪の民」も何回かのパート合わせで一曲を通して演奏できるようになった。有川は他の二人の男性とテノールのパートを唄った。皐月真一郎は熱心に指導し、指揮をした。また、おしゃべりの時間は司会をした。彼自身が毎週の例会を楽しみにしているのは間違いなかった。しかし医業が忙しい日は、練習後のおしゃべりには付き合わずに早退することも多く、そんな日は近くに坐った者同士の雑談になった。

雑談の時間には、みんなは恵美に話しかける。多くは傍らに坐る女性たちであったが、男も気軽に声をかける。離れた有川の席では言葉の内容は聞き取れないが、時には近くの者たちが一斉に笑い声をあげる。恵美も美しい顔をほころばせる。そんな光景を見ても、有川は近づいて仲間に入る勇気がなかった。同僚の村上は、いつのまにか恵美のそばに席を取って親しげに話しかけたりしている。有川はそんな村上に嫉妬を覚えた。自分はそんな軽薄な男ではない、恵美にふさわしいのは村上なんかではなく自分だ。みじめな気持ちになり、負け惜しみに過ぎないと内心分かっていたが、それでも有川は恵美に近づくことができなかった。

有川の恵美への思いは日に日に募った。恵美の視線に一喜一憂することが続いた。毎回ただ見つめるだけ、しかしいつか恵美は有川の愛に気づいてくれると信じた。ある日の例会では恵美と一度も目が合わせず、それは恵美が自分を嫌っているのではないかと恐れて、その後の一週間を懊悩した。次の土曜日、目が合って恵美のやさしい表情に接するまで、有川の苦しさは癒されなかった。

有川はそれまで二十三年の人生で、気楽につきあった女友達はなかった。だから若い女性に話す内容が思い浮かばない。もし恋人同士になって二人きりになったとしても、いったい何を語ればいいのか。交際をリードするのは男の役目と思っているが、恵美に対してどのようにふるまえばよいのか、有川には具体的な行動方法が見つけられなかった。毎日毎日考えるのは恵美のことばかりで、恵美への想いは増すが、どうすればいいのか分からない焦燥感も強くなるいっぽうであった。

恵美のひととなりや周辺がだんだんと有川に判ってきた。主として馬場さんとの会話で得た情報である。恵美は今有川が携わっているホテル建設のオーナー下房信一の娘で、謙一という名の兄があり、兄はすでに望月荘の経営を手伝っている。恵美は二年間神戸の女子短大で寄宿生活をして卒業し、淡路島に戻って二年半実家で暮らしている。実家では近くの子供たちにピアノを教えているが、本格的な職業を目指しているわけではなく、家事手伝いをしながら花嫁修業中とのこと。馬場さんの口から出たこの花嫁修業という表現に有川はどきんとした。実家は公民館からバスで十五分ほどかかる丘の上の住宅地にある。現在増築中の望月荘は公民館から徒歩で五分ぐらいの海沿いの位置にあるので、信一も謙一も実家からは車で通っている。

秋が深まり、現場は中層階のコンクリート打設に進み、仕事は多忙が続いていた。有川はコンクリート形状図と鉄筋加工図の制作に励んだ。恵美に会えるのは週一回と決まっていたので、週日はひたすら仕事をこなした。

十一月の下旬の例会で、おしゃべりの時間になり、いつものように有川は恵美から離れた席に坐っていたが、会員の若い二人の女性が有川をはさんで話しかけてきた。二人とも高校を出て三年の元コーラス部員であったが、若い男が有川と村上だけなので、話し相手として有川を選んだのであった。会話は他愛ない談笑で、有川は会社の仕事のことを聞かれてしゃべった。その間恵美のほうを見ず二人の相手をした。解散の時刻になり部屋を出た時、先を歩いていた恵美が振り返って有川を見た。その目はかつてなく強い眼差しで、顔に笑みはなく、むしろ怒りを表しているようであった。一瞬有川は意味が解らず戸惑った表情をした。恵美はそのまま背をむけて小走りにバス停のほうへ去った。

後でこのなりゆきを考えた時、恵美の怒りは有川が他の女性にかまけて恵美を無視したこと

によるのではないかと想像した。まさかとは思いつつも、それは恵美が有川を意識していると
いう初めての発見であった。

翌週、有川はおそるおそる恵美を見た。目が合った時、恵美の目に以前より好意があると感じた。先週は恵美の怒りを買ったに違いない。それゆえこの日はいっときも恵美から目が離せなくなった。必死に愛を伝えた。恵美の目もそれに好意でこたえているように見えた。その夜は宿舎の寮に帰ってから、有川は幸福の絶頂にあった。恋する男は限りなく妄想を拡大するが、恵美が自分を愛しているに違いないという信念が有川の中で無限に広がっていった。

しかし次の例会で、有川のそんな幸福感は無残に潰えた。恵美は有川を見ないのである。いつものようにふるまいながら、有川には目もくれない。そればかりか、村上やその他の男性にはにこやかに会話する。この仕打ちはこたえた。有川は狼狽した。先週の幸福感はなんだったんだろう。打ちのめされた気持ちで帰ったその夜は眠れなかった。

それ以後、恵美のこのような態度の揺れが有川を翻弄した。意識的にか無意識的にか、恵美は気まぐれのように有川の視線を受け止めたり無視したりする。そのたびに希望と絶望とがかわるがわる有川を襲った。病膏肓に入ると言う。有川はまさにそのような状態に陥ってしまった。

十二月に入ったある日曜日、有川はふらふらと恵美の実家の近くまで歩いて行った。バスで十五分の道のりも、恵美のことを考えながら歩いていくと知らぬ間に着いた。昨日の例会では

恵美は有川に一瞥もくれなかった。その苦しさが有川の行動をせきたてていた。恋しかった、ただひたすら恋しかった。道を行きながら、ひょっとして恵美に出会わないかと恐れかつ期待した。しかし何事も起こらない。

丘の上の恵美の家のそばまで来た。大きな敷地に立つ日本瓦葺きの邸宅である。塀の中は樹木が茂り奥は窺い知れない。恵美に会いたかった。恵美を見たかった。しかし高い塀が有川の前に立ちふさがり、切なる願望を拒絶していた。有川は負け犬のようにとぼとぼと戻るしかなかった。

その次の土曜日は年末最後の例会になった。いつものとおり「ともしび」と「流浪の民」の練習をした。だんだん完成度が上がってきていることが素人の有川でも感じられた。しかし有川の関心は合唱にはなく恵美にあった。まわりの人が気づいて不思議に思うかもしれないことも忘れて、恵美の方ばかり見た。

練習が終わり、馬場さんの発案でミニ忘年会と称し、ビールと簡単なつまみで乾杯をした。それがすむと皐月先生は医業のため帰り、いつものようにおしゃべりの時間になった。ビールがはいって、その日はよりにぎやかになった。

恵美はいつもよりよく有川の視線を受け止めてくれた。一週間続いたみじめな敗北感は消え、幸せな気分を取り戻すことができた。その夜の解散になった時、皆は口々に「よいお年を」と声をかけあった。公民館の玄関のところで恵美が立ち止まり、近づいた有川のほうを向いて、

「来年もよろしくおねがいします、お元気でね」と言った。あわてて有川もどもりながら「あなたも」と答えた。顔が赤らむのを感じた。恵美と二人だけの言葉を交わしたのはそれが初めてであった。恵美はくるりと背を向けて有川の前から走り去った。可愛く美しい後ろ足が有川の目に焼き付いた。わざわざ恵美は挨拶のために有川を待っていてくれたかのようであった。たちまち幸福感に包まれた。年末年始の三週間は例会はなく年明けまで恵美には会えない。しかし今夜のおかげで、その間の苦しさが慰藉される安堵感があった。

第八章

正月、有川は故郷で過ごした。四月に大阪へ出て以来九箇月ぶりの帰省であった。実家は農家で両親と兄がいる。農業だけでは食っていけないので、兄は農閑期には県が十年前に誘致した工業団地の食品工場で働いている。

久しぶりの故郷は、有川の高ぶっていた心を平静に戻す効果があった。家族同士の日常会話が安らぎになった。また近所の友人と近況をしゃべりあった。久しぶりの方言が平常心をよみがえらせてくれた。

それでも遠く離れた恵美のことが念頭から去らず、一人になると恋しさが募った。冷静にならなければならない。今後のことをこの休みの間にしっかり考えようと思った。考えの中心は、恵美への具体的な行動である。このまま曖昧にしておくことはできない。自分が恵美を愛しているように、もし恵美が有川のことを想ってくれているなら、ただちに行動を起こさねばならない。恵美が待っているのに時機を逸すれば恵美を失うことになる。先ずすべきことは告白である。その結果恵美との交際が始まるとすれば、その交際がどのようなものになるか、過去に経験のない有川には見当がつかずその不安はあるが、今は恵美に気持ちを伝えることだけに専念しよう、その後のことを心配するのはやめよう。故郷にいる間に、有川は恵美に手渡す手紙を書くことにした。

リビングのソファーで、有川は四十五年前の正月の記憶をよみがえらせた。あの時、有川は故郷の自分の部屋で恵美への告白の手紙を書いた。その手紙は結局恵美には渡せず手元に残り、先日過去の書類を処分した時にも捨て難く保存した。恵美のことを綴った文章は、恵美を恋した期間と以後二年ほどの間に多量になったが、今はこの手紙だけが残った。

有川は立って寝室のチェストの引き出しからそれを持ってきて開いた。便箋は黄色く変色しているが、万年筆で書いた青色の文字は読み取れる。

(下房恵美への手紙)

何に時熟しているかを僕は知りました。僕はそれを始めようと思います。

良いことなのか悪いことなのかわかりません。それは時が審判してくれるでしょう。僕は今静かにこの手紙を書き進めることに専心しなければなりません。なぜならこれ以外になすべき方法を知らないのです。

下房恵美さん僕はあなたを愛しています。

八月末の例会で初めて僕はあなたに逢いました。一目見た時からあなたに魅せられました。あなたの美しさに僕は言葉を失いました。まるで雷に打たれたようでした。それ以来あなたのことを考えない日はありません。なぜそんなに感動したのか。それはあなたが僕の救いだったからです。

二十歳を過ぎる頃、僕は現実の社会への幻滅と将来の不安から、生きていく目標を見失って無気力になり、勉強に身が入らず、何とか進級したものの成績は最悪でした。その頃出会ったのがニーチェの本でした。ニーチェの箴言と詩に啓示を受けて僕は何とか生きていく力を奮い起こしました。僕が当時最も鼓舞されたのは次の詩です。

焔の槍で
わが魂の氷を割る者よ
今この魂は鳴りどよめいて
最高の希望の海へと急いで行く
明るさを増し 健やかさを増し
慈愛に充ちた不可避の中に自由に・・
かくてこの魂はおんみの奇蹟を頌える
たぐいなく美わしい一月よ

そして、ようやく勉学に戻って卒業、就職を果たしました。

けれども生来の悲観主義的な性格は僕の病のようなもので、何事にも消極的で臆病でした。ともすれば弱気な考え方に傾いてしまうのです。

あなたに逢えたことはそんな僕にとって光明でした。一人の女性を愛することが、こんなにも生きるのに一所懸命になれるのか。その幸福感に僕は驚喜しました。

例会であなたを見ることが僕の生き甲斐になり、毎週土曜日を待ち焦がれるようになりました。あなたを知って僕の人生観は変わったのです。その意味であなたは僕の恩人なのです。救いなのです。奇蹟なのです。

初めはただ遠くからあなたを見つめるだけで満足でした。しかしいつかあなたと目が合い、あなたの微笑みに接してから僕はますますあなたのとりこになりました。何度か目が合うことを重ねるうちに、僕はもうあなたを僕だけの女性にしたいと思いました。あなたのいない人生なんて考えられなくなりました。

下房恵美さん僕はあなたが好きです。好きで好きでたまりません。恋しくて恋しくて狂ってしまいそうです。例会で一度も目を合わせられなかった日などは、夜は眠れず次の例会まで苦しみに身が焼かれる思いになりました。

僕は今工事中のホテル建設会社の新入社員です。一年間の現場での研修期間が終わると内勤に変わり、設計部門に配属されます。将来は構造設計技術者になります。その専門家になることに僕は生き甲斐を感じています。淡路島にいるのは三月末までです。その間に僕はあなたと親しくなれたらどんなに幸せかと思います。あなたと自由におつきあいできる関係になりたい。それが今の僕の最大の願いです。

僕はこんなにあなたを愛していますが、あなたは僕のことをどのように思っていますか。僕はあなたの気持ちが知りたい。たまらなく知りたい。僕はこれ以上あなたに黙ってあなたを恋することに耐えられません。僕があなたを愛すること、これは途方もないほど身の程知らずかもしれない。笑われるほど滑稽なことかもしれません。でも好きなものは好きだ。恋しいものは恋しい。このあなたを想う毎日の苦しさから僕は自分自身を解放してやりたい。

ここまであなたはよく読んでくださいました。感謝します。そしてどうか僕に対するあなたの気持ちを教えてください。どんなシグナルでもよいのであなたの心を知らせてください。僕にとって苦しい答えでも甘んじて受けます。あなたの心を知りたいのです。そしてできればあなたの好意を確信したいのです。どうか僕の願いを叶えてください。

御返事を待っています。

有川は今、四十五年前に書いたこの稚拙な文章を読み返して、自分の青春時代をあらためて思い出した。手紙の中で触れているように、二十歳過ぎの頃厭世的な暗い考えに捉われた時期があった。ニーチェを耽読することでその虚無感を乗り越えたが、あの頃は他にも様々な詩人の詩を読んだ。そんな中で今でも憶えているバイロンの詩がある。

私は世を愛しなかった　世もまた私を
彼らの臭い呼吸のまえに諂《へつら》ったこともなく
彼らの偶像の前に　恭々しく膝を屈したこともない
心にない笑を頬に浮べもしなかった
うつろな木魂を崇めて　高らかに叫んだこともなく
人群れの中にありながら　その仲間とは扱われなかつた
彼らと交わりながら　ただ独り立っていた
屍衣のように　人と異なる思想を身にまとった
今もなお　というべくは　あまりに心屈して汚れたのだが

私は世を愛しなかった　世もまた私を
所詮　敵ならばいさぎよく袂を別とう
だが私は信じたい　彼らには裏切られたが
真実《まこと》ある言葉　欺きえぬ希望があり

めぐみ深く　あやまちの穽を造らぬ美徳があると
また　人の悲しみを心から悲しむものも居り
一人か二人かは　見かけと変らぬものもあり
善とは名ばかりでなく　幸福とは夢でない　と

こんな詩を好む性格の男の恋は、必ず女性崇拝に陥り、結局破局を迎えるものだと、今なら分かる。恋の勝利者にはなり得ない。恵美への恋もまもなく破れ、有川には辛い思い出となったが、後悔はない。良くも悪くもそんな生き方が自分の人生であった。自虐的に言えば、構造屋になる人間というのはこんな恋しかできないのだろう思う。

正月休みが終わった。手紙を書くことによって、有川はその正月の苦しさを癒した。一月五日に有川は淡路の宿舎に戻った。現場の仕事はその翌日から始まる。躯体工事は上層階に到っており、有川のコンクリート形状図と鉄筋加工図はフルに活躍していた。赴任してから数箇月、有川は事務所で製図するだけでなく、できるだけヘルメットを着けて工事現場を見学することも忘れなかった。現場には建築構造に関する新しい発見があり、仕事に励むことで恵美を想う苦しさをまぎらしていた。

一月最初の例会は第二週の土曜日である。目標の合唱コンクールまで一箇月半となり、練習に拍車がかかるのは目に見えていた。

有川は、故郷で書いた手紙を恵美に直接手渡すという誓いを立てていた。有川は自分の恋を誰にも覚られないようにしていた。恵美に比べて自分の卑小さを思うと、他人に知られることが恥ずかしかった。だから手紙を、誰か（例えば馬場さんに打ち明けて）に託したり、郵便で送ったりする気はなかった。

待ちに待った、とはいっても怖れていた一月最初の例会の日が来た。有川は胸の動悸を抑え、できるだけ平静を装って談話室に入った。いち早く恵美をさがした。恵美はすでにピアノの前に坐っていた。一目見て印象が違っているのに気づいた。恵美は髪を切っていた。恵美の髪は背中まで伸びたロングでポニーテールに束ねていたが、今はショートヘアに変わり軽いパーマがかかっている。

皐月先生が最後に到着したのを機に、馬場さんの発声で全員が立って年初の挨拶をした。

こちらを向いて立った恵美を見て、有川は変貌に驚いた。恵美はやせていた。以前の柔らかくふんわりした姿が、すらりと引き締まった体形に変わった。顔が少し小さくなって、少女のようなあどけなさが消え、急に大人の雰囲気をただよわせている。表情は堅く何か新たな決意をしたかのように毅然としている。まるで西洋貴族の令夫人を思わせた。

馬場さんが来月はいよいよ合唱コンクールなので頑張ろうと言い、皐月先生も同調して、最後に面白いことを言って皆を笑わせたが、恵美は表情を変えずじっと前を見たまま身じろぎをしない。有川はそんな恵美を注視したが、期待に反して恵美はけっして有川の方を見ない。三週間ぶりだというのにまるで有川が眼中にない。

その日は時間を延ばして念入りに「流浪の民」を練習した。皐月先生はいつになく厳しく、何度も何度も繰り返させた。「流浪の民」には各パートに短いソロを挿入するところがあり、パート毎に二三名の候補がいたが、代表を一人に絞るためめいめいに唄わせた。そのつど恵美は伴奏を弾く。テノールでは有川も唄ったが、幸い代表には選ばれずほっとした。

時間がなくなり、いつものようなおしゃべりは省いて解散となった。恵美の無表情の態度は変わらず、有川を無視したまま帰っていった。声をかけたり、まして手紙を渡したりするチャンスは全くない。有川は黙ってそんな恵美を目で追うしかなかった。

何があったんだろうと有川は訝《いぶか》しんだ。年末に言葉を交わして一歩近づいたと思っていた恵美との関係は、また遠い関係に戻ってしまった。その夜は眠れなかった。髪形を変え、ほっそりとなった大人の恵美は、以前の恵美とは違った美しさがあった。あどけない少女に妖艶さが加わり、それは一層有川の心を乱した。

次の週もその次の週も恵美の堅い態度は続いた。有川の方をけっして見ない。苦しみながらも、それは恵美が逆に有川を意識しているためではないかと、はかない希望を持った。

コンクールが近づいたため毎回練習時間が延び、後のおしゃべりの時間はほとんど割愛された。有川は必死に恵美の目を追った。恵美の表情は心なしか悩んでいるように見えた。なぜだろうという疑問ばかりが有川の頭をかけめぐった。

コンクールが行われる二月下旬の日曜日の前日、最後の総仕上げの練習をした。「ともしび」と「流浪の民」の両方ともほぼ満足できる水準に達した。皐月先生が明日は頑張りましょうと挨拶した。その日はゆっくりとおしゃべりの時間が取れ、誰かが差し入れたシャンペンで乾杯した。

有川はもうなるべく恵美を見ないようにした。明日のコンクールが終わったら、しばらくサークルは休会になり、再開は四月からということが決まっていた。その四月には、有川の一年目の現場体験は終わり本社の設計部に配属されることが、先日人事部から柳田所長に通知され、有川も聞かされていた。そうすれば恵美に会えるのは明日が最後である。その現実がひしひしと胸に迫ってきて、手紙を渡すきっかけが得られないあせりを感じた。しかしたとえその機会があったとしても、今の恵美の態度では手紙を渡す勇気が有川にはなかった。

その夜も解散の時が来て、有川は望みを失なったようにうなだれて玄関を出た。しかしその時、前方でこちらを向いて立っている恵美がいた。恵美はじっと有川を見ている。目と目が合って数秒間見つめあった。玄関を出た薄暗い照明の下であったが、ひたと有川を見る恵美の目に、まるで哀願しているかのような感情がこもっているのが感じられた。有川は思わず駆け寄ろうとした。しかし恵美は素早く向きを変え、一緒に帰るメンバーが待つバス停の方へ駆けて行った。反対方向へ徒歩で帰る有川にはそれを追う理由がなく見送るしかなかった。

有川は混乱した。恵美の気持ちが解らなかった。なぜ無視したり注視したりするのか。はっきり言えるのは恵美は有川の恋を知っていることである。知ったうえであの態度をとるのは、少なくとも有川を嫌ってはいない、否、有川に好意を持っている。だから有川のプロポーズを待っているのではないか。それならば、何とかして手紙を恵美に手渡すチャンスをつくらねばならないと思った。

一般社会人合唱コンクールは洲本市にある会館で行われる。会場までめいめいバスや自家用車で行き、定刻には皐月グループ二十二名の全員がそろった。エントリーしているのは十八グループで各グループは十分以内に一曲または二曲の演奏が許される。皐月グループは十番目で、それまで観客席で他のグループの演奏を聴き、出演後は席に戻って終わりまで聴くことになっていた。有川は後方部に席を取り、五列前方で恵美をはさんで皐月先生と馬場さんが並んでいる背中をながめていた。馬場さんはしょっちゅう左の恵美へ話しかけ、時々皐月先生も右の恵美の方を向いてささやいている。恵美はほとんど頭を動かさず、じっと他のグループの演奏を聴いているように見える。

七番目のグループが終わった時点で控室に集合し、皆引き締まった表情で皐月先生の指示を聞いた。衣装は、男性は黒のズボンに白シャツ、女性は黒のスカートに白ブラウスと決めてあった。ピアノの恵美は上下白、指揮の皐月先生は上下黒で統一していた。

演奏は「ともしび」も「流浪の民」もミスなく順調に終わった。皆ほっとして控室にひきあげた。皐月先生が「皆さん、良かったですよ」とねぎらった。有川もほっとした。これで自分のコーラス体験も終わるんだなと思った。恵美を見ると、やはりほっとしたのか少し上気した色白の顔をゆるめて周りのメンバーとしゃべっている。そんな恵美は有川の心にしみわたるほど美しい。思わず恋しさがこみあげてくるのをどうしようもなかった。

全グループの演奏が終わり、休憩の後に審査結果が発表された。金賞、銀賞、銅賞、どれにも選ばれなかったが、審査員特別賞として努力賞が皐月グループに与えられた。難しい曲に取り組んだ努力を評価したという講評があった。みんなにこにこしてガッツポーズをした。

コンクールが終了した。会館を出て駐車場の方へ歩いていく皐月先生と恵美の後ろ姿を見送った。恵美は皐月先生の自家用車で来ていたことが分かった。手紙を渡すチャンスはついに得られなかった。有川は村上と一緒に、来た時と同じ馬場さんの運転する車に乗せてもらってホテルの工事現場まで帰った。

あと一箇月半が有川に残された時間となった。その間に例会はもうない。意図して行動しない限り恵美に会えることはない。どうしても手紙は渡したい。その後どうなるかは別にして必ず自分の恋を言葉で伝えたい。それが、恵美の好意に対する自分の義務であると思った。そのために、偶然のチャンスに頼るのではなく、正々堂々と正面から当たろう。きっちりと恵美を呼び出して告白しようと決意した。

一週間その方法を考えた。恵美に電話をかけて家の外まで出てきてもらい、言葉を伝えたうえで手紙を渡すことにしようと決めた。

そうして三月最初の日曜日の午前に、有川は恵美の家の近くまで行き、ボックスから電話をかけた。電話番号は、工事現場にある連絡先リストから、ホテルオーナー下房信一氏宅のをメモしておいた。恵美の父と兄は望月荘に出ているはずなので、家には恵美と母しかいないと推測した。あらかじめ、電話に恵美が出た場合と母が出た場合のせりふを決めて練習しておいた。こうして具体的、能動的に動くのは弱気を押さえるのに役立った
呼び出し音が止まって「下房でございます」という声が聞こえた。

「恵美さんをお願いします」受話器から聞こえる応答の声が一瞬で恵美ではないと察してそう告げた。

「恵美は外に出ておりますが、どちらさまでいらっしゃいますか」

有川は、コーラスグループの一員でホテル工事の現場員であることを告げて、氏名を名乗った。恵美が留守の場合に予定していた方法である。こうすれば、有川から電話があったことが恵美に伝わり、再度電話しやすいと考えた。

「ああ、それでしたら行き先が分かっておりますので、そちらへお電話くださってもよろしいですよ」母はこの電話がコーラス関係の連絡と解釈したらしい。

「恵美は望月荘が忙しいので今日は手伝いに行ってるんですよ」そう言って、旅館の電話番号をていねいに教えてくれた。有川はその番号をメモしながら、それなら電話ではなく望月荘を

直接訪ねようと思った。

「有難うございます。近くですから望月荘の方へ行ってみます」

「恵美がいつもお世話になっています。有川佑介さんとおっしゃいましたね。恵美に報せておきます」それは好都合だと思った。

「こちらこそ、有難うございます」

案ずるより産むが安しであった。電話によるアプローチはうまくいった。有川は自信が湧いてくるのを感じた。

いったん宿舎に戻り心を落ち着かせて再び出た。望月荘の方へ歩いていく。望月荘は湾に面した海岸沿いにあり、建設中のホテルと並んでいるが、宿泊客に騒音や振動、作業員の出入りなどによる不快感を与えないよう、工事現場とは入念に遮断してある。

有川は湾の方にある正面の門を入り、庭の中の通路を通って望月荘の玄関へ近づいて行った。その時、有川の接近を予知していたかのように中から人影が現れた。旅館の和服を身に着け、宿泊客を待ち受ける姿勢で両手をそろえ、まっすぐ有川を見ている恵美だった。表情は堅く緊張している。

有川は黙って近づき、小さく頭を下げた。

「こんにちは、有川です」胸がどきどきした。

「さっき母から連絡がありました」恵美が小声で答えた。

そのまま恵美は手招きをして有川の前を通り、庭内を海の方へ歩いていく。有川は横に並んで歩みを合わせた。庭の端に達し、護岸の向こうに湾内の海が展けて見える場所に来た。静かに恵美が立ち止まるのを機に、有川も歩みを止めた。

しばらく沈黙が続いた。恵美はこの会合の意味が解っているのか用件を尋ねようとはしない。

「恵美さん、ぼくはあなたが好きです」

有川は弾む胸を意識しながら単刀直入に言った。

「………」恵美は黙っている。

「あなたを愛しています」

「………」恵美はなおも黙っている。

「あなたを愛するのはいけないでしょうか」

「そんな……」波の音の中でやっと聞こえるか細い声で、恵美は答えた。

「初めて逢った時から、ぼくはどうしようもないほどあなたが好きになりました。この半年間、ぼくはあなたのことばかり考えていました」

「………」再び恵美は黙っている。

「手紙を書きました。読んでほしいのです。ぼくの気持ちが書いてあります。手紙の中で触れていますが、今月いっぱいでぼくは転勤になって淡路島を離れます。だからその前にどうしてもあなたにぼくの心を伝えたかった」

そう言って、有川は内ポケットから手紙を取り出した。

「ごめんなさい。私お手紙をいただくわけにはまいりません」突然恵美ははっきりと聞こえる声で言った。

「えっ、どうして?」有川は思わず声を出した。

「………」恵美はまた沈黙する。

「ぼくが嫌いですか」

「困るんです………」そう言って、やはり恵美は沈黙する。

「どうしてですか。読むだけでも読んでいただけませんか」

有川は恵美の正面に立ち、手紙を差し出した。

「ごめんなさい有川さん。私……私、この秋に結婚することになっている人がいるんです」

「えっ?」

それは有川が全く予想していない答えだった。

有川は恵美の肯定的な返事を期待していた。最も望ましいのは、すぐに有川のプロポーズを受け入れて、私もあなたが好きですと言ってくれることだった。そうでなければ、手紙を受け取り、考えさせてくださいと答えてくれることだった。どちらの場合でも、今後の交際を求めて次の段階に進める。

あるいはそんなにうまくいかないで、突然のことで無理ですとか、異性との付き合いはまだ考えていないとか言われるかもしれないが、その場合でも、手紙だけは読んでほしいと頼むつもりであった。手紙を渡せれば、以後どんな展開になってもまだ希望は持てる。

したがって「この秋に結婚する」という恵美の言葉は有川の意表を突いた。

「そんなこと、そんなこと、本当ですか」と思わず恵美の顔をのぞき込んだ。

恵美は伏し目勝ちになってうなずき、

「ごめんなさい、お気持ちは嬉しいですが……私のことは忘れてください」

「そんなこと……無理です。どうかこれだけは受け取ってください」有川は手紙を差し出した。

しかし恵美は首を横に振り、

「ごめんなさい、本当に御希望に沿えずに申し訳ありません」と言うと、背を向けて玄関の方へ駆けだした。

「恵美さん」有川はそれを追う。

玄関まで戻ると恵美は向き直り、数歩後れて追ってきた有川の顔を見た。それはコンクールの前日、公民館の玄関で有川を見た時と同じ哀しみのあふれた表情だった。数秒間じっと目を見交わしたあと、恵美は何かつぶやき、屋内の廊下を奥の方へ歩み去った。有川は茫然とその後ろ姿を見送った。廊下を追う勇気は出なかった。つぶやいた恵美の唇の動きを再現してみて、あとでそれは「さよなら」であることに気づいた。

四十五年前のそれが下房恵美との別れであった。

その日から本社へ転勤するまでの三週間、有川は絶望に打ちひしがれ、夜の宿舎で一人涙を流した。その間、繰り返し脳裡に蘇えるのは恵美の言葉だった。

幸い仕事の図面作成は終わりに近づいていて、有川は余裕のできた時間は現場内を視察しながら考え続けた。躯体工事は最上階に近づき、高い足場の上から、先日恵美と会った望月荘の庭とその向こうの湾内の海を眺めた。庭のその場所が目に入ると、こみあげてくるものがあり、涙がにじんだ。

「この秋に結婚する」どうしてもこの言葉を信じることができなかった。なぜだ？　なぜだ？という疑問が頭の中をかけめぐった。恵美の有川に対するこれまでの態度と乖離が大きすぎる。

そして苦し紛れに考え出した結論はこうだった。

言葉はやはり真実なのだろう。あの場で嘘を言うとは思えない。したがって恵美は意に沿わない結婚を強いられているに違いない。下房家の家庭環境を有川は知らないが、旅館を経営する旧家で、厳しいしきたりがあり、親の決めた婚姻の約束に従わねばならなくなっている。可哀そうな恵美。恵美は有川以上に苦しんでいるだろう。しかし今の自分にはそれを覆して恵美を救う力はない。社会に出たばかりの、あと三週間で去る若い新入社員ではどうしようもない。元々叶わぬ恋だったのだ。

これが実際は誤りであったことは後日判明するが、そう考えることで有川は現実から逃避しようとした。恋が破れたのは不可抗力であったと。四十五年前でも、そのような旧習はもうあり得ない時代になっていたが、弱気で因循な有川は、そんなごまかしで自分を糊塗するほかなかった。

淡路島滞在の残りの三週間はあっというまに過ぎた。残務の仕事を有川は苦悩の中で果たした。有川と村上の送別会が月末に行われ、柳田所長以下現場員が激励してくれた。

しかし四月に入っても、ぽっかりと心に生じた喪失感は容易には癒されなかった。本社勤務に変わってからも、独りになると想うのは恵美のことばかりで、新しい宿舎の独身寮で、有川は部屋にこもって恵美への想いを日記に綴った。読書はニーチェだった。詩が有川の慰めになった。

やがて渇きはいやされよう
火に焼かれたこころよ！
大気のなかにそこはかと
見えない口が息吹いている
大いなる涼しさはきたると・・

焼けた日は真昼に懸っていた

にわかに立ちそめた風よ
つめたい午後の霊共よ
おお　よくぞきた

きよい風はながれて
いざさなうもののながし目に
夜はこの身を
窺っている?
強くあれ　わが心よ
その何故は問わずして

設計部での仕事は、建築構造設計の基本の学習と初歩からの実践だった。有川にとって得意分野であり、知的な刺激と新しい発見があり、勤務中は没頭することができた。日に日に恵美を失った痛手は、心の中で深く沈静化していくようであった。

そんな状態に突然異変が生じた。恵美は親に強いられて意に沿わない結婚をするのではなく、相手は皐月真一郎であることが知らされたのである。

仕事中の有川に、淡路の現場の馬場さんから電話が入った。「どう、元気にしている?」という第一声の次に、馬場さんはそのニュースを伝えた。

「結婚式は六月、ジューンブライドよ。それでコーラスグループからお祝いをすることになったの」馬場さんの話は、皆で祝福の品を贈るので有川にも参加を慫慂《しょうよう》するものだった。有川は恵美の結婚相手が皐月医師であることに驚倒し、あとは上の空で馬場さんの声を聞いた。

その日から有川の頭の中は、再び「なぜだ？　なぜだ？」の疑問が渦巻くようになった。恵美の相手が皐月真一郎であったとは……。過去の七箇月間にその事実に思い当たることがほとんどなかった。コーラスグループの例会では、指導者とピアノ伴奏者という関係を越えず、会話は命令や指示ばかりで特別に親しいそぶりは全く感じられなかった。何よりもそんな関係があるなら、有川に示した恵美の好意的な仕草はなんだったのか。そしてもう一つの疑問は、「この秋の結婚」がどうして早まって六月になったのか。

訳が分からないまま、六月は過ぎた。知ってしまった結婚式の日は、有川は一人、部屋でやけ酒をあおった。皐月真一郎と恵美の初夜を想像するだけで、気が狂いそうであった。

ふと、コンクールの日、恵美が皐月先生の自家用車で帰って行ったことを思い出した。あの頃すでに二人は婚約していたのか、だとしたら恵美が有川の恋を察した時機と皐月先生との交際のどちらが先だったのか。やはり自分が告白を怯懦《きょうだ》逡巡したのが致命的な過ちだったのか、あれやこれや疑問が湧き出てきて、有川の心は千々に乱れた。

しかしそうして乱れた心を修復してくれるのは、時間の経過しかない。有川は毎日の生活を簡素化、単純化した。決まった時間に出勤し、決まった時間に寮に帰った。会社では仕事に励み、寮では専門書と規準書を読んで構造計算の勉強をした。有川の構造計算理論の修得はこの時期に負うところが大きい。有川は、もう恵美のことは終わったことであり、忘れようと努力した。そういった日々が少しずつ有川を立ち直らせた。

夏が過ぎ、秋が終わった。十二月に入って、突然馬場さんから電話が入った。用件は三月まで在籍した現場での勤務時間に関する問い合わせであった。話好きの馬場さんは有川が聞かないのに、その後のコーラスグループのことを話し始めた。急に有川は胸騒ぎを覚えた。馬場さんは、活動が中断していて、次回のコンクールには出られなくなっていると話した。

「それがね、おめでたいことなの。先月、皐月先生夫妻に赤ちゃんが生まれたのよ。生まれたのは男の子。ピアノの恵美さんの替わりが見つからなかったので、十月からコーラスはお休み。恵美さんが復帰できるまで残念だけど中断だわ」

このニュースは、せっかく静かになっていた有川の心を再びかき乱した。

結婚が六月で、出産が十一月、その間五箇月。「この秋の結婚」が早まった理由が有川にも判った。恵美の妊娠が原因だったのだ。現在では結婚式の日に、仮に新婦が大きなお腹をかかえていても、ほほえましいと祝福されることがあるぐらいだが、四十五年前はまだいわゆる婚前交渉を不道徳と思う人が多い時代だった。だから妊娠したらただちに結婚という順になるのが普通で、二人が結婚を急いだのはそのせいだった。

有川は指を折って恵美の受胎の月を計算した。そういうことに疎い有川でも推測はできた。二月、合唱コンクールに出演した頃になる。三月に有川が恵美にプロポーズした時、皐月真一郎と恵美はすでにその関係にあった。

この事実を知って、有川はまた複雑な心境にさいなまれた。有川が信じた恵美の有川への仕草は何だったのか、いったい恵美は有川のことをどう思っていたのか。

四十五年経った今も、有川は恵美の当時の心が解らない。皐月真一郎と交際し、婚約しながら、恵美は有川に好意を抱いていたのか。有川が恵美の愛を信じたのは正しかったのかそれとも誤りだったのか。その疑問は風化しながらも今も続いている。どちらであってももう構わないが、できれば答えを知りたいと思っている。

その後、数年経って有川は別の女性と結婚し、十二年後に喪った。その亡妻への愛は恵美への愛とは別のものである。有川の心の中では両者は全く矛盾しない。恵美への愛は短くはかない恋愛であったが、亡妻への愛は長く強固な夫婦愛であった。

そして後年の、今に続く森さんへの信頼はまた別のものである。期間は最も長く、崩れることのない友愛である。

有川に深くかかわった三人の女性は、それぞれに有川の人生の彩りであった。そしていずれも大切な縁《えにし》であった。

第九章

「構造設計一級建築士」の資格認定の講習および修了考査の日が近づいていて、中島は準備の勉強に余念がない。いずれ有川の後を継いで、事務所の代表技術者として立っていかねばならないことを自覚している。

「構造設計一級建築士」の資格を得るためには、一級建築士として五年以上構造設計の業務に従事した後、国土交通大臣の認定した講習課程を修了し考査に合格しなければならない。

この制度は姉歯事件後に創設され、一定以上の規模の建築物（木造で高さ十三メートルまたは軒高九メートルを超える建築物、鉄骨造で四階建て以上の建築物、鉄筋コンクリート造で高さ二十メートルを超える建築物等）の構造設計については、構造設計一級建築士が自ら設計を行うか、若しくは構造設計一級建築士に構造関係規定への適合性の確認を受けることが義務づけられている。

講習は、「建築物の構造に関する科目」（構造設計の総論、基礎、各論等）と「構造関係規定に関する科目」（法適合確認等）の二つの科目から構成されている。

構造設計科目では、
・構造設計に関する理解力
・建築物に関する荷重・外力、構造力学・解析、構造材料、構造計画の理解力
・木造の特性等に関する理解力
・鉄筋コンクリート造の特性等に関する理解力
・鉄骨造の特性等に関する理解力
・構造設計に関する知識を的確に表現する能力
また、法適合確認では、
・構造関係規定の理解度、解釈能力
・建築関係基準の一般的理解力
・構造図面の理解度、判読能力
・建築図面の一般的理解力
・計算書等の理解力、計算能力
・法適合確認に関する指摘を的確に表現する能力
が内容になっている。

中島は一級建築士の免許を取ったのが遅く、今年度になって初めて受講できる要件を充たした。最近の情報では、全受講者のうち合格するのは四分の一ぐらいであることから、かなり危

機感を持っているようであるが、有川は中島の実力なら合格は問題ないと見ている。

構造設計事務所が、あらゆる種類と規模の建築物を設計するためには、代表となる「構造設計一級建築士」が必要で、これまでは有川がその任に当たっていたが、今後は中島がそれを勤めなければならない。

それとは別に設計事務所には運営を管理する「管理建築士」（兼務可）が一人必要で、その資格を得るための講習を受けて合格しなければならないが、すでに中島は修了しているので問題はない。いずれ事務所の「管理建築士」を有川から中島に変更する手続きをすることになる。

業務は順調に推移していた。適判から質疑のあった加工工場は、中島がつくった回答で合格して建築確認も下り、摩耶建設が着工した。西宮の介護付き老人ホームの杭の支持層確認の問題は、ラムサウンディング調査結果に基づく有川の見解報告書でオーナーの福祉事業会社が了解し、一部中断していた工事が再開した。中島が担当していた十階建てのマンションは構造設計が終了し、現在元請けの手で全体の工事費見積りを行っており、予算が合えば確定して、適判と建築確認申請の段階に進むことになっている。有川が担当していた一連の木造三階建て住宅は、藤野厚子の手を借りて次々に完了し、発注主の不動産会社へ納品している。また、新たな設計依頼がいくつか入ってきており、主に中島が主導して一部外注を使いながら対応している。有川の役割は徐々に軽減しており、それで今のところ業務の齟齬《そご》はない。得意先へ有川の病気を知らせることはまだ行っていないが、このまま経過を見てなりゆきに任せるのもいいのではないかと、有川は思い始めている。

亡妻の弟が半月に一度ぐらいの頻度で電話をかけてきて、「今のところはまだ元気にしている」という有川の返事を聞いて安心していたが、先日は夫婦で事務所を訪ねてきた。事務所へ来たのは久し振りである。庭でとれた野菜と花を持ってきてくれた。相変わらず人懐こい義弟夫婦と二階のリビングで歓談している間、森さんが茶菓のもてなしをしてくれた。夫婦は、森さんがまるで有川の細君のように働いている姿を見て、大丈夫と安心して帰って行った。

有川の体調は悪くもないが良くもない。十分に注意していないと急に咳の発作が始まり、時には七転八倒の苦しみを味わい、周りにも迷惑をかけるので用心している。息が切れるような活動を避け、過飲過食を慎み、疲れないよう仕事をセーブしている。しかしそれによってだんだん体力が衰えていることはひしひしと感じる。昼間眠気をもよおすことも多くなった。二階に上がりソファーに横になって一時間ほど眠ってしまう。ふと、このまま目が覚めなければ楽だろうな、それでも構わないというような気になる。最後の日が近づいていることはまちがいない。

いよいよやり残した大きな仕事はただ一つになったことを意識した。二十三年前に有川がおかしたミスを客先である皐月内科医院に謝罪し、今後の対応を説明することである。

皐月医師とは四十五年前淡路島を去ってから会っていない。島には何度か訪れることはあったが、医院を訪ねることはなかった。二十三年前に奇しくも建物の構造設計を担当したときも、それに伴なって十五年前に二階の用途変更に対する安全検討をしたときも、有川は皐月医師と直接接触することはなかった。

一般に、構造設計者は建築主と会うことはあまりない。建築主と折衝するのは元請けの意匠設計者で、構造設計者はその結果によってつくられた意匠図と仕様書に基づいて仕事をする。構造設計はきわめて専門的な内容を扱うので、そのような知識を持たない建築主と打合せすることがない。したがってよほど特殊な構造上の要件がない限り直接会う必要がないのである。

皐月内科医院の当初設計は明石の意匠設計事務所が元請けで、有川はそこからの発注で構造設計を担当した。設計の間、医院側とコンタクトすることはなかった。設計後施工が始まると工事が設計図どおりに行われていることをチェックする「監理」業務があるが、明石の事務所が兼務していて有川にはその役務がなく、現場に赴くこともなかった。

後年の二階床の安全検討は明石の事務所が解散してしまっていたので、医院から相談を受けた摩耶建設からの依頼で実施した。当初設計時とは異なり構造上の問題であったから、有川が直接医院と打合せするのが適当であったが、内容が簡単で摩耶建設から伝えられた条件で仕事が可能であったため、医院側との接触は必要なかった。

そんなわけで有川は二回とも皐月医院との応接はなかったが、内心それを避けていたところがあったのはまちがいない。当初設計時には顔見せのため明石の事務所から同行を誘われたことがあったが、他用を理由に遠慮した。また、後の二階床の検討結果の報告時には摩耶建設から要請があったが、安全性は問題ないという単純な結論なので報告書をそのまま渡してもらえばよいという言い訳をして、やはり辞退した。

皐月医院との接触を避けたのは、院長の皐月医師に会えば否応なく恵美夫人の存在を思い出し、心の古傷に触れるのを怖れたためである。

しかし今いよいよ人生最後のやり残した仕事に直面し、忌避感は消え、逡巡することはなくなった。あまつさえ若き日の恋人にひょっとしたら遭うかもしれないという期待感さえ生じている。有川が恵美の愛を信じたのは正しかったのか誤りだったのか。その疑問は解けないにしても、その場所を訪れて過去の自身の足跡を辿り、最後の別れを告げることにはむしろ郷愁を感じるのである。

皐月内科医院では院長職の交代を機に、院長室を中心に間仕切り壁の変更と内装のやり替え工事をしていると竹下は言っていたが、もうその改修工事は終わっているだろう。有川は竹下に電話をかけて、皐月内科医院の件で相談があるので来てほしいと告げた。

一時間後にやってきた竹下を、事務所では中島が他の客と打合せしているので二階のリビングに招じ入れ、二人だけになった。

「竹下さんは摩耶建設の新入社員の時に、皐月内科医院新築の現場に出たんでしたね」

「そうです。二十三年前のことでした。会社に入って初めての現場だったのでよく憶えていますよ。明石の設計事務所が設計と監理をして、構造設計は有川先生でした」

「実はその構造設計で、私はミスをしていましてね。ＳＤ３５と明示すべき鉄筋をＳＤ３０と表記していたんだ。当時も今も細径はＳＤ３０、太径はＳＤ３５にするのが通例でそのように構造計算したんだが、構造図が全部ＳＤ３０になってしまっていた。そしてそのまま竣工した」

「えっ？ということは強度が足りない？」

「そのとおりだ。太径を使っている柱と梁の鉄筋強度が短期荷重時に十五パーセント小さくなっている。長期荷重時は問題ないんだが、地震時に強度不足の部材が生じる」

「工事は図面どおりやるので、ＳＤ３５の明示がなかったらＳＤ３０で施工されているでしょうね。監理は図面との照合なので、構造計算との相違は発見できない」

「強度が足りないと言っても直ちに危険というわけではない。配筋には余裕があるし、応力が強度いっぱいまでかかっているわけではない。竣工直後の阪神淡路大震災でも被害はなかった。また幸いというか、あの建物は現在三階建てだが、四階部分を将来増築予定となっていて未施工なので、今は荷重にも余裕がある。だから現段階では何も問題はない」

「ということは、増築時に問題が生じるということですね」

「そのとおりだ。この前あなたに四階増築の話は出ていないかと尋ねたのはそのためだ」

「なるほど。今のところ増築の話は全くありません。建ってから二十三年にもなり、これまで話題にもなっていないので、医院の方ではもう忘れているかもしれませんが、どう考えているか先方へ確認してみましょうか」

「いやそれより、ご存じのとおり私はもういつまでも生きられる状態じゃないので、体が動ける間に皐月内科医院へ赴《おもむ》いて、自分のミスを謝罪し、ありのままの建物強度を説明したい。四階増築が全く不可というわけではなくこうすれば可能という方法もあるので、その説明もしたい。その段取りをあなたにお願いしたいんだ」

「それはおやすい御用ですが、先生は前院長と面識はあるんですか」

「前院長というのは皐月真一郎氏のことですね」

「そうです。最近副院長だった御子息に院長職を譲られました。なんでも食道がんの手術をされ、現在は静養中と聞いています」

「昔会ったことはある」

有川は四十数年前に淡路島の現場に赴任したときのコーラスサークルの話をした。

「そのときの指導者が皐月真一郎氏だった」

「そういうことがあったんですか。前院長は確か奥様とそろって音楽好きだとは知っていましたが」

恵美夫人の話が出て、有川は一瞬竹下の顔を見返した。しかしそれには触れず、

「後年、図らずも建物の構造設計を担当したが、皐月真一郎氏とは一度も会っていない。電話

で話したこともない。だから先方は私のことを知らないし、構造設計者が昔のコーラスのメンバーだったこともご存じないでしょう」

「そうですか。分かりました。お見舞いを兼ねて、近々改装工事の報告にお伺いすることになっています。将来の話は新しい院長にするべきかもしれませんが、とりあえず前院長にお会いして、先生のお話を伝え、アポを取ることにします」

一週間後に竹下が返事を持ってきた。

皐月真一郎氏は神戸市内の病院で手術を受けて退院したのがひと月前、現在は自宅で療養中で復帰は未定とのこと。院長職は四十四歳の子息がすでに引き継いでいる。

「前院長に有川先生の話をしたところ、建物の構造設計担当であったことはご存じなく、コーラスのメンバーであったことも憶えておられなかったんですが、傍にいらっしゃった奥様が、『ほら、初めてコンクールに出た時のメンバーで、望月荘のホテルの工事に来られていた方ですよ』と言われて、顔までは分からないが何となく思い出されたようです。奥様は何か曲名をおっしゃったんですが……」

「流浪の民」

「そうです。確かそう言われました」

有川は恵美夫人が当時の彼のことを憶えているのを知って嬉しく思った。

「そして、それなら話をうかがいましょう。ただ、建物のことなので院長に知っておいてもらいたいから、息子の都合を聞いて後から連絡する、ということになりました。その夜にさっそく返事があり、来週の土曜日の午後、自宅まで来てくださいとのことでした」

「自宅というのは？」

「医院と隣接しています。かってはそこが住居兼医院だったんですが、二十三年前に隣の土地を手に入れて現在の建物を建て、その木造建物は建て直して今は皐月家の住まいになっています。先日はそこへお邪魔したんですが、次も同じお宅で会うことになりました」

有川は、結婚した恵美が四十数年間ずっとその場所に住んでいることが分かった。

「前もって医院の建物の現状を見ておく時間はとれるだろうか」と有川は尋ねた。

「大丈夫です。約束の時間は午後二時なので、その前に一時間ほど視察しましょう。うちの現場員がまだ居ますので案内させます。当日は会社の車を私が運転していきますので、午前中に出発して、途中で昼食してから先方へ参りましょう」

「ありがとう。お世話になります。こちらは私と中島が行きます。私が事実を報告した後、中島が技術的な説明をします」

有川はその土曜日の夜は単独で残って泊まり、翌日かつての記憶の場所を一人で訪ねるつもりで、ひそかにホテル望月荘を予約した。

土曜日になった。その日までに中島は、倉庫にある皐月内科医院の設計図書と未提出の増築検討資料を精読し、提出用のレジュメをつくった。そのうえで有川と説明の要領を話し合った。

よく晴れた明るい日である。竹下の運転する車に、資料を持った中島が助手席に、有川が後部席に乗って出発した。垂水から北に市道を上り神戸淡路鳴門自動車道に入る。そこから南に下ってやがて車は明石海峡大橋を通過する。有川は左右の窓から両側に広がる青い海を眺めた。いくつもの形の違う船が浮かんでいる。美しい景色である。全長約四キロの大橋は車だと三分で通り過ぎるが、かつて所属した協会主催の見学会では完成前の橋の上を歩いたことがあった。今その時のことを思い出す。事務所を創設して三・四年の頃だった。やはり海を眺めて美しいと思った。

この橋ができるまでは、神戸と淡路島は明石港と岩屋港を結ぶ渡船で往来した。四十数年前に有川が淡路島に赴任した時も、そのずっと後で妻と水仙の名所へ花を見に行った時も、その渡船に乗った。

大橋ができてからは三度この橋を渡ったが、いずれも淡路島を通過して四国へ行くためであった。なぜか淡路島にとどまるのがはばかられる心理が働くのは、やはり恵美の記憶のゆえであろうと思う。

前の座席で竹下が盛んに中島にしゃべっている。景気の話らしい。

「政府はどんどん公共事業を出すべきだと思う。今はデフレで物よりもカネの価値が上がるから民間企業はカネをため込んで使わない。ため込んだカネは銀行に集まるが、借りてくれる人がないから株や金融商品で運用して、世の中に回らない。なぜそうなるか。需要がないからだ。デフレの時代にはみんなの給料は上がらない。昔は社会に出た時の給料が一生の間に十倍二十倍にもなった。もちろんインフレで物価が上がりそれに連れて給料も上がったのだが、それは経済が成長したからで、今年よりも来年、来年よりも再来年と、夢と希望があり、豊かになっていく実感があった。私の年代も含めて今の若い人は、定年になるまでに給料はせいぜい二・三倍にしかならないだろ。これではあれを買おう、これを買おうという欲望は生まれないし、結婚して子供を持とうという意欲も起きない。少子化の一番の原因は経済の停滞だと思うよ。このままだと悪循環を繰り返して社会の活気は失われていく」

「どうしたらいいんですか」と中島。

「言ってるだろ。政府が仕事をつくって消費を増やし、景気を上げていかなければならない。そのためには公共事業を増やすんだよ」

「でもそのお金は税金でしょ。税金が足りないから、国は借金ばかりしている。いずれ破たんするといわれていますよ」

竹下は助手席の中島をにらんで、

「それが勘違いなんだよ。いいかい。国の借金というけれども、それは正しくは政府の負債というもので、負債があれば必ず一方で貸している者がある。それが誰か、考えてみたことはあるかい？」

「……銀行？」

「そう、銀行、証券会社、保険会社、郵貯など金融機関だ。それらのカネは企業や個人の預金や掛金からなっている。つまり政府の負債は国民の債権なんだ。外国から借りているわけではない。言いかえればカネを貸しているのは我々だから、国全体で見たらプラスとマイナスで釣り合っていて破たんするなんてことは起こり得ない。そうですよね、先生」

急に矛先を向けられて有川は、

「竹下さんは経済に詳しいんだね。さっきからなるほどと思いながら聞いていました。国の借金が一千兆円、国民一人当たり八百万円などと危機感をあおるのはまちがいだと私も思う。長い間公共事業は土建業者と役人の癒着で腐敗しているとたたかれてきたから、一朝一夕に事業は拡大できないだろうが、デフレ時代には行政が率先してお金を使って景気を上げていかなければならないというのは同感です」

「そうですよね。それに、かつて高度成長時代につくられたインフラが老朽化してきている。コンクリートの寿命は五十年です。橋もトンネルも建物も傷んでいて修理や建て替えを待っている。耐震化も必要だ。カネを使うべきところはいくらでもある。そういうところへ政府は投資を増やさないといけない」

竹下は熱弁をふるった。もっぱら受け身の中島は、時々あいづちを打ちながら竹下の意見を聞いている。

大橋を渡って淡路島に入っている。有川は竹下と中島の会話から意識をそらし、自分の思考に戻った。どの土地でもそうだが、この淡路島も初めて来たときから随分と変わった。特にこの神戸淡路鳴門自動車道が開通してからは、四十数年前に見た風景とは一変している。道路、建物、車や人々の往来、それにつれて海岸や山の自然まで新しくなったように見える。

車は高速道路から県道に入り、途中のファミリーレストランで昼食をしたあと、やがて皐月内科医院に着いた。いよいよ来たなと思う。構造設計の自己責任、皐月真一郎氏との再会、恵美の存在、その他様々の思いにとらわれて、有川は胸がつまるのを覚えた。

竹下が摩耶建設の詰所へ寄って、駐在している若い現場員を連れて戻ってきた。手にヘルメットを三つ持っている。それぞれ頭に載せ、医院の中に入った。現場員が受付の女性に断って、建物の中を見て歩く。ヘルメットはこのような際に便利な道具である。院内の誰もが、許可された調査と受け取って違和感を持たない。

屋内の調査では、構造部材が当初設計のまま健全であるかどうかを見る。耐震部材として有効な鉄筋コンクリートの壁は撤去されたりせず元通りにあるか、当初にはなかった開口が設けられていないか、ひび割れが生じていないか。柱や梁はやはりひび割れがないか。床は不自然にたわんでいないか。予定以上の荷重を載せると床は許容値を超えた有害なたわみを起こす。

一階から二階、二階から三階へ、主に廊下から左右上下を見る。可能な部屋には入って観察する。屋内には様々な備品類が置かれていて十分には見られないが、できる限り視察する。その結果、有川は二十三年経ったこの建物が、ほとんど劣化がなく当初の強度が保たれているという印象を得た。

屋内が終わると、一階に戻り通用口から屋外へ出て建物の周囲を巡る。

建物の劣化は外壁面に最も現れる。最大の要因は鉄筋の錆によるコンクリートの浮きである。元来鉄筋コンクリートは、アルカリ性のコンクリートに被覆されて鉄筋は錆びないことが前提になっている。しかし外壁は長年風雨にさらされて亀裂が入ったり、外気中の二酸化炭素と反応してコンクリートが中性化したり、海の近くでは潮風で塩分が浸透したりして、中の鉄筋が錆びて膨張することがあり、外側のコンクリートを押し出して浮きを発生させる。甚だしい場合は表面のコンクリートが剥離を起こして落下することがある。また、外面は日照や季節の温度差による膨張収縮があり、窓や出入り口のコーナーからひび割れが生じやすい。浮きやひび割れが進むと、部材としての強度が十分に発揮されなくなる。

外壁面の劣化を防ぐには、普通、意匠を兼ねてタイルや塗装の仕上げ材で表面を覆って保護する。この建物は正面がタイルで、他は弾性吹付材という塗膜を施してあり、五年から十年ごとにメンテナンスされていて、目に見える不具合はなく、有川は外部も所要の強度が保たれていると観察した。

「内も外も健全な状態ですね」と有川は竹下に告げた。

「何度か依頼を受けて当社が保全工事をさせてもらっていますから」と竹下が答えた。

「正式な耐震診断をする場合には、専門機関の手で計器を使った全面的な調査が必要で、コンクリートの強度試験もコアを取って行わなければならないが、目視した限りでは問題がなく安心しましたよ」と有川は言った。

次に有川は、四階を増築する際に耐震補強が必要になる場合に備えて考えていた二案が可能かどうかを、中島が広げた平面図を見て調べた。一案は、一階の北側と西側の外壁にある窓を二つずつ計四つ閉鎖して耐震壁にすることで、もう一案は、一階の内部で現在壁のない場所に鉄筋コンクリートの耐震壁を一箇所増設することであった。内外の視察でどちらの案も、現在の使用状況から見て不可能ではないという印象を持った。

約一時間の視察を終えると、約束の二時に近づいていた。ヘルメットを現場員に返し三人は隣接する敷地の皐月邸に向かった。皐月邸は屋根が彩色石綿板、外壁はサイディングの木造二階建て現代風住宅である。竹下の話だと、昔の医院住宅兼用の旧建物は阪神淡路大震災で壊れたため、軽量化を図って建て直したとのこと。床面積は百坪ぐらいありそうである。有川は、ここが恵美の住む家であることに感慨を覚えながら、門柱の皐月という表札を見た。

竹下がブザーを鳴らす。玄関の扉が開くのを一番後ろに立って有川は見守った。一瞬、恵美夫人が現れるかもしれないと思い緊張した。しかし扉を開けたのは別の女性であった。

「摩耶建設でございます。お約束の時間に参りました。今日は有川構造設計事務所の所長と一緒です」

「ああ、義父《ちち》から伺っております。どうぞお入りください」

「恐れ入ります」

三人は広い玄関に入り、出されたスリッパに履き替えて廊下を進んだ。

「御子息の奥様です」と竹下が前を行く夫人を示して有川にささやいた。

通されたのは四十畳はあるかと思われる広い洋室で、長辺の一辺が開口になっておりレースのカーテンを透して中庭が見える。部屋の中央左にグランドピアノが置かれ、横に譜面立てが立ててあって閉じた楽譜が載っている。その傍のサイドボードの上には、ケースに入ったバイオリンが置いてある。室の短辺の一辺は全面がラックになっており、音楽関係の書籍、楽譜、それにおびただしい数のＣＤが収められている。ステレオ装置がその横にある。

部屋の一番奥に応接六点セットが置かれており、三人はそこへ案内された。

「しばらくお待ちください。すぐに参りますので」と言って、夫人は出て行った。

「広い部屋ですね。ここは応接室ですか」と中島が竹下に尋ねた。

「いつもここに通されますが、応接室というよりは多目的室ですね。前院長夫妻は音楽が趣味で、ここで楽器を弾いたり二人でミニ演奏会を開いたりされているようです。奥様は以前はピアノ教室もなさっていたと聞いています」と竹下は有川の方を向いて説明した。

「居室じゃないようですね」と有川。

「リビングは別です。私は入ったことはありませんが」

「お待たせしました」入口の方から声が聞こえて、白髪の痩せた老人が入ってきた。チェック柄のシャツに毛糸のカーディガン、ベージュ色のズボン姿である。風貌は変化しているが皐月真一郎氏であることは有川には一見して分かった。氏の後ろから、さっきの夫人がトレーに三つのコーヒーカップを載せてついてきている。

「先刻連絡があって、急患の処置が延びているので一時間ほど遅れると……」夫人が席に着いた皐月氏に小声で告げた。

「ああ、私も聞いた。仕方がないね、建物の話は息子が来てからにしよう」

皐月氏は人当たりの良い表情の中に、医師としての威厳をただよわせている。

「構造設計事務所の有川所長を同伴しました」と竹下が紹介した。

有川と中島は名刺を出し、「有川です。お久しゅうございます」と挨拶した。

皐月氏はまじまじと有川を見たが、四十数年前のコーラスメンバーの顔は浮かばないようで、

「ちょっと恵美を呼んでください」と夫人に言った。

「先日竹下さんからあなたのことをうかがったんだが、思い出せなくてね。今こうして会っても顔が浮かんでこないんだ。家内なら憶えているかもしれない」

有川は緊張した。いよいよ恵美夫人が、というよりは有川にとっては若き日の恋人下房恵美がすぐに現れるのだ。

室の入口に人影が見えた。有川は振り返ってその姿を目にとらえた。それはかつての下房恵美がそのまま四十五年を経た皐月真一郎夫人であった。白っぽいシャツに藍色の長い部屋着をはおり、くるぶしまであるロングスカートを履いている。昔のとおりの、まっすぐに見つめる黒い瞳の色白の顔立ちは変わっていない。年相応に肌や髪は変化しているが、気品のある表情と姿勢は以前のままに見える。

恵美夫人は静かに皐月真一郎の隣に坐った。有川からは斜め向かいである。目と目が合い、かつてのようにそのまま数秒間見つめあった。恵美夫人は少し頭を下げ、くちびるに笑みを浮かべ、「お元気ですか」と言った。

有川は黙って大きくうなずき、「おかげさまで」と答えた。

「きみは有川さんを憶えているかい？」

「はい、うちのホテルを建てた時、工事にいらしていて、コーラスの応援に馬場さんが連れてこられた方ですわ。よく憶えています」

「皐月先生の指揮とあなたのピアノで『ともしび』と『流浪の民』を唄いました。そしてみんなでコンクールの努力賞をもらいました」と有川は応じた。

「ああそうか、あの時の男声の、あなたのパートは確か……？」

「テノールでした。そのあと転勤で淡路島を去りましたので、コーラスはそれきりになりました」

「ところで、あなたがうちの建物の設計に関わっておられたそうで、竹下さんから先日聞いて、奇遇だなと思いましたよ」

「二十三年前です。今日はその時のことでお伺いしました」

「そのようですね、主旨はうかがっています。息子が院長なので、話は一緒に聞かせたいんだが急患で遅れるらしいから、それはあとにしましょう」

皐月真一郎はあらためて有川を見つめ、

「ところで竹下さんから聞きましたが、あなたもがんとのことで」

竹下があわてて有川の方を向き、

「ああ所長、先日ちょっと病気のお話をしておいたんです。今日お伺いする目的のために」とことわった。

「肺の四期と言われています」と有川は静かに答えた。

「そうですか。私は食道でこの前手術をしました。体重が十キロ以上減りましたよ。医者でもがんにかかる。しかしがんはだんだん死なない病気になってきている。一種の慢性疾患でね。その点では高血圧も糖尿病も変わらない。気長につきあっていくのが望ましい」

「発病から三年になりました。手術はしていません。抗がん剤や放射線、色んな治療をしてもらいました。がんと共に生きているという意味で確かに慢性病という表現は同感です」

「ところで有川さんはおいくつですか」

「六十九です」

「まだお若い。六十九ならきみと同じだ」と皐月真一郎氏は恵美夫人の方を見て言った。恵美は有川の方をじっと見たままうなずいた。再び目と目が合った。恵美の目にいたわりの表情があるのを有川は見た。

「私はもうすぐ後期高齢者だ。この呼び方は保険制度の変更で始まって、最初は酷評されたけど、だんだん良さが見直されて定着した感じで、私は好きなんですよ。ははは」皐月真一郎は病気など苦にしないように快活に笑った。

「お仕事にはそろそろ復帰されるんですか」と竹下が聞く。

「いや、仕事よりも、元気になったら家内と温泉巡りをしたいね。忙しくて二人でゆっくりと旅したことがなかった。それとまた、新しい曲にチャレンジして久々に演奏会をやりたいね」

「楽しみですね」

「我々の演奏会は私のバイオリンと家内のピアノで時々ここでするんだが、聴きにきてくれる客は友達とか、医院の職員とか、看護師とか、患者さんとかで、みんな喜んでいるわけではないのは分かっている。落語の『寝床』と同じでね。息子なんかその日に限って用事をつくって出席したためしがない。まあ私たちの道楽だよ」

　有川は竹下と皐月真一郎が会話している束の間、前に並ぶ皐月夫妻をながめた。仲の良い似合いの夫婦であり、幸せそうに見える。二人を見ていると夫唱婦随という言葉が浮かぶ。もし四十五年前、恵美が有川の求愛を受け入れていたらどうなっていただろうか。有川にはその結果は想像がつかない。人間は二種類の生を生きることはできない。恵美にとってはこれが最善の人生だったのではないかと思う。

入口でバタバタと足音がして、白衣姿の院長が入ってきた。

「遅くなりました。お待たせしてごめんなさい」大きな声である。

院長は空いているソファーに坐り、皐月真一郎に急患の処置について報告した。患者は食中毒の小学生で、高熱と嘔吐と下痢を起こしてかつぎこまれたらしい。有川には理解できない医療用語と薬品名が口早にとびかっている。一段落したところで竹下が、

「お待ちしておりました。本日は有川構造設計事務所のほうから医院の建物に関して御報告があって参上しました」と院長に告げた。

有川は名刺を出した。院長もポケットから名刺入れを出し一枚有川に差し出した。皐月内科医院院長、皐月佑一とあった。皐月院長は父親とは違って骨格が大きく白衣の中の下腹は少しせりだしていて、いかにも健康そうな顔は褐色で左手の甲だけ白いので、明らかにゴルフ焼けを思わせた。

「ではもう一回お茶を入れ替えましょう」恵美夫人が三人のコーヒーカップを片づけてトレーに載せ、部屋から出て行った。男ばかり五人が残り、有川はこれから行う自らのミスの告白を、恵美に直接聞かれないですむことにややほっとした。

第十章

「私は二十五年前に構造設計事務所を開設しました。それまではホテル望月荘を施工した御存じの建設会社で、二十年間建築構造設計の仕事をしてきました。その経験を活かして独立したのです」

中島がつくってくれたレジュメに沿って、有川は説明を開始した。

「開設から二年後に、皐月先生の医院の構造設計を受命しました。明石の、今は解散して無くなっている意匠設計事務所からの依頼でした。この構造設計で、私はミスをおかしました。所定の強度に充たない建物の設計図を出してしまったのです。鉄筋コンクリート造の建物の強度はコンクリートの強度と鉄筋の強度で決まりますが、その肝心の鉄筋の種別が、構造計算で用いたものと図面に示したものとが異なっていたのです」

有川は、建築で用いる鉄筋の種類と強度についてレジュメに書いてある数値を説明した。そして、柱と梁の鉄筋が構造計算ではＳＤ３５であったにもかかわらず、図面ではその明示がなくＳＤ３０になっていたことを述べた。

「建物はそのまま施工されました。このミスによって、柱と梁は最大で約十五パーセント計算値より弱くなっています。実際は、鉄筋は径が三ミリ単位で変化し、配筋は本数単位なので、部材ごとの強度は階段状に変化します。そのため、柱と梁は平均で五パーセントから十パーセントの強度低下と推定されます。構造計算は建物に作用する荷重に対して安全になるように行います。荷重には、建物自重や人間、家具等の積載物による長期荷重と、地震、暴風等の短期荷重があります。鉄筋強度のミスは、長期荷重に対しては余裕があって問題ありませんが、地震時の短期荷重に対しては問題があります。私はミスに気がついた時、鉄筋強度を実際に使われているものに置き換えて構造計算をやり直してみました。その結果一階の柱で地震時にもたないところが何箇所かあるのが判明したのです」

「それは建物が完成してからですか」と院長が口をはさんだ。

「そうです。正確には八年後です。摩耶建設を通じて、二階の人工透析治療室に器械が設置されることになって、その床の安全性を検討するよう御依頼がありました。保存してあった構造計算書と図面を開いて検討を始めた時、齟齬《そご》があることに気がついたのです」

「うーん、確かそんな依頼をしたことを思い出した」と皐月真一郎が言った。

「床の検討結果は全く問題なかったので、その旨の報告書を作成してお届けしました。しかし実際は将来地震時にもたなくなる柱があるのを発見していました。本来はそのときに御報告すべきことであり、それを怠ったことには長年忸怩たるものがありました。遅くなりましたが、本日お伺いしたのはそのお詫びを申し上げるためでございます」

　有川は立ち上がって深く頭を下げた。中島もそれにならった。

「ではうちの建物は地震が来たら危ないんですか」と院長が尋ねた。

「いえ、必ずしもそうではございません。構造計算で想定するのは震度六以上の大地震ですが、地震には地域や土地や地盤による性質の差があり、さらに建物の耐震性は規模や形状や材料強度の余裕によって計算値以上になることが多いので、危険と断定されるものではありません。今日までミスを隠していたことを正当化するわけではありませんが、実績として、この建物は阪神淡路大震災でもほとんど被害はなかったと承知しております」

「そうだった。ここの住まいも恵美の実家も住めなくなるほど損傷したが、医院の方は無事だった」と皐月真一郎が言った。

「また、現在建物は三階建てですが屋上に四階の増築予定があり、まだ施工されていないため、一階分の地震荷重の余裕があって、今は全く問題がありません。御報告を怠ったのは、増築が具体化するまでは心配なく、それまでは言わなくてすむ、その時にはその時考えればよいという怯懦《きょうだ》な心があったためです」有川は再び頭を下げた。

「増築？　そんな予定があったんですか」と院長が父の皐月真一郎の方を向いて訊いた。

「忘れていたよ。そうだったかな。うん、そうだった。確か新築のとき打合せに来た設計事務所の担当者にそんな要望をしてそのつもりでいたんだが、当面必要がなく、そのうちに忙しくて忘れてしまっていた」

「その可能性があるんなら、入院施設を上につくりたいですね。これから入院患者さんは増えるいっぽうだし。ところが、それはできないということですか」と院長は有川の方へ向き直って尋ねた。

「いや不可能ではありません。ミスに気がついて再計算をしたとき、私は四階増築予定の可否について併せて検討しました。当初計画のままだと、さっき述べたとおり一階の柱でもたないところがあるのですが、計画を変えれば可能になります。それについては、中島の方から御説明させていただきます」

そのとき、恵美夫人と院長夫人が二人で、トレーに載せた紅茶とケーキを運んできた。テーブルに置く間、話は中断した。

「今夜はお泊りですか」と院長夫人が何気なく三人に尋ねた。

「いえ、今日は日帰りで来ています。大橋を渡ればすぐですから今日中に神戸に戻ります」と竹下が答えた。中島もうなずいた。

「実は、私だけ明日まで残ります。見ておきたい場所や建物がありますので」と有川は院長夫人を見て言った。竹下と中島が驚いて有川を見る。有川は二人にうなずいてみせ「ホテル望月荘を予約してあるんだ」と告げた。有川はその時、恵美夫人の視線が自分に向いているのを感じた。

女性二人がさがり、再び話が始まった。

「有川所長のもとで構造設計をしている中島です。医院の建物の四階増築の可能性について御説明させていただきます」と中島がレジュメの新しいページを開くよう求めた。

「先に法的なことを申し上げます。一九八一年に現在の耐震基準ができて、それ以前の建物は『既存不適格』と呼ばれることになりました。この医院はそれ以後の建物なので既存不適格ではありません。しかし鉄筋の強度が設計値を充たしていないという意味で一種の不適格と言えます。ところが現在は三階建てで地震荷重に余裕があるので、耐震強度上も問題がなく、今は既存不適格ではありません。そういったちょっと特殊な状態にあると御理解ください」

二人の医師は理解できたのか、うなずいて聞いている。

「増築に対する法的な取り扱いは、増築部分が一体となる場合は既存不適格であれ適格であれ、全体が現行基準に適合するように再度構造計算が必要です。しかし建物を分離して増築する場合は増築部分だけ適合すればよいことになっています。例えばすぐ横にエキスパンションジョイントを介して増築する場合です。しかしこの建物の場合は、上階への増築で当然新旧一体となるので、全体が現行基準に適合する構造計算をしなければなりません。そこで当初の計画どおり四階を増築しようとした場合は、先程所長が御説明したとおり、地震時に一階の柱が何本かもたないことが分かっています。鉄筋強度の誤りはその時に顕在化するわけです。そこでこれをもつようにするには一階を補強しなければなりません。その方法は二つあります」

中島は、レジュメにある平面図に従って二案を説明した。

（第一案）一階の北側と西側の外壁にある窓を二つずつ計四つ閉鎖して耐震壁にする。

（第二案）一階の内部で現在壁のない場所に鉄筋コンクリートの耐震壁を一箇所増設する。

「どちらも建物の機能を損なうので好ましいものではありません。しかしこのどちらかの補強をすれば当初予定のとおりの増築ができます。共に柱の強度不足分を耐震壁をつくって補うものです」

「第一案の、窓を閉鎖するのは嫌だな、外の光が入らなくなる。しかし第二案の、ここへ壁を設けるというけど、すでに壁になっているんではなかったか」と院長。

「今あるのは後からつくった軽量の間仕切壁で、出入り口がついています」と竹下がそれを受けて言った。

「その場所はさっき建物内を拝見して確認しました。竣工後に増設されたものだと思います。軽量間仕切りのため耐震強度はゼロです。その壁を鉄筋コンクリートに変えて耐震壁にするというものです」と中島が答えた。

「少し分かってきた。一階の柱の耐震強度が足りないから壁で補おうとしてるんだな」と院長。

「そのとおりです。しかしこれはどちらも当初予定どおりの増築を可能にするためです」

「予定を変更すれば補強は要らない？」

「はい、増築のやりかたを変えれば一階の補強なしでも可能です」

中島はレジュメの新しいページを見てもらうように告げ、その二案を説明した。

（第三案）四階部分の増築面積を予定の六割に減らす。

（第四案）四階部分の構造を鉄骨造に変更する。さらに屋根と壁は軽い材料でつくる。

「このどちらかを採用すれば一階部分の補強は必要なくなります。第三案は増築する面積を当初予定より小さくするというものです。また第四案は面積はそのままで構造を軽量化するものです。どちらも増加する建物重量を押さえて地震力を低減させ、一階の柱の負担を軽くします」

「当初予定の面積というのは？」

「現在の三階と同じです。三階がそのままの大きさで上に追加されるということになっていました」

「うーん、やるからには面積は大きければ大きいほど良いんだが」

それを受けて、竹下が、

「鉄骨造にするのは色んなメリットがありますよ。コストが下がる。工期が短い。工事期間中の仮設養生もやりやすい」

「外観はどう？」

「外壁の仕上げを現在のものに合わせれば、違和感はないと思います」と竹下が答えた。

「つまり鉄骨造にすれば目一杯の増築ができるわけか」と院長。

「私のミスのために予定の変更を余儀なくされることは慙愧《ざんき》に耐えませんが、できるだけ増築の規模を最大にするにはそれが最善だと思います」と有川が言った。

「その場合、鉄筋が違っているということは隠されてしまうのか」と院長が有川に尋ねた。

「いえ、そうはいたしません。ＳＤ３５の鉄筋がＳＤ３０になっていることを確認検査機関に届け出ます。そのうえで増築後の一体化された建物では、構造計算はＳＤ３０で行い、どの鉄筋も許容値に収まっていることを証明します。ここでやや専門的なことを申しますが、ＳＤ３５とかＳＤ３０というのは建設当時の呼び方で、現在は単位の体系が変わったためＳＤ２９５とかＳＤ３４５に呼称が変更されています」

「分かった。しかしそもそもこんなミスがどうして最初に建てた時に発見されなかったんだ。多くの人の目に入っただろうに？」

「それをチェックできる機会があったのは建築確認検査の時だと思います。構造計算書と図面を照合して確認するわけですから。しかし当時は姉歯事件のずっと前で、構造の確認検査は甘かった時代です。そのことは事件のあと大いに問題になりました。今は確認検査機関はほとんどが国土交通大臣や都道府県知事から指定された民間の機関で審査は厳しいですが、その頃は役所が所掌していて、構造の確認検査は非常に楽な審査でした。ミスをした私が申すのは恐縮ですが、確認検査で発見されていればそのときに修正できたと思います」

「そのあとの段階ではどうなんですか。たとえば工事現場でとか」と院長は竹下の方を向いて尋ねた。

「現場では、原則として図面どおりの施工をしますので、図面がSD30になっていれば工事担当者が誤りに気づくことはありません。また、工事中に図面どおりの施工が行われているかどうかをチェックする『監理』が設計側によってなされますが、これも図面をもとにしますのでまちがいには気づきません。あとは行政によるチェックですが、役所による現場の検査では構造計算書との照合は行われませんので、誤りがおもてに出ることはありませんでした」と竹下が答えた。

「ということは現在でも同じ事情ですか」と院長がさらに尋ねた。

「いえ、問題を受けて、姉歯事件以降確認検査のあり方が改革されました。従来の確認検査に加えて、『構造計算適合性判定』という制度ができ、特別の資格を持った専門の構造技術者が構造計算の適合性と妥当性をチェックします。また同時に構造計算書と図面の照合も行いますので、以前に比べると格段に検査が厳しくなりました。それをする適合性判定機関が全国にできています。だから現在では私がおかしたようなミスは発見される確率が非常に高いと思います」と有川は答えた。

「あなたはこのミスは他にも責任があると考えているんですか」

院長のこの一言は、それまでの会話に似ず辛辣な響きがあった。そして、

「いわばこういうことですか。我々は時速百八十キロの能力のある車を買った。しかし実際は

百五十キロしか出せず、それ以上で走ると車が壊れる。今は最高百二十キロ以下で走っているから問題はないが、今後必要があっても百五十キロ以下で走ってくれ。速度メーターの残りの三十キロは無視してほしい」

有川はその喩《たと》えをしばらく呑み込んで、「そのとおりと言えます」と答えた。

「つまり、欠陥車を買ったことになる。その責任は売った側にある」と院長は三人をかわるがわる見て言った。

「もし我々が損害賠償を要求したらどうなりますか」

三人は押し黙ったまま院長の顔を見つめた。

「そんなときのために構造設計の過失に対する保険があります。しかし莫大な補償金を支払うための掛け金は高額で、大きな事務所では加入していますが、私共のような個人事務所は加入していないのが現実です」

「訴訟になることもあるでしょう？」と竹下に聞く。

「ありましたね。かつて聞いた話ですが、それは建設会社と構造設計事務所の間の訴訟になったんですが、敗訴が決定した構造設計者が自らの命を絶ち、その保険金で賠償した例があったそうです」と答えた。有川もその痛ましい事例は聞いて知っていた。

「損害賠償だけではなく、法的な処罰もあるんでは？」と院長。

「設計行為に係る法律は建築士法ですが、建築士が受ける罰則は重い方から申しますと、免許取り消し、業務停止、戒告、文書注意の四つに分かれます。免許取り消しは建築士資格が取り消され、以後の設計行為が行えなくなる最も重い罰です。業務停止は最長十二箇月に及ぶ厳しい罰です。三つ目と四つ目の戒告と文書注意は業務停止を伴なわない軽い罰ですが、信用を無くして働く場を失うという社会的制裁を受けます。罰則の適用は不正行為の内容と結果の重大さで変わります。今回の私のミスがどのランクに相当するかは行政の判断によりますが、私には分かりません。もしそれで建物を損傷させるようなことになれば、かなり重い罰を受けると思います。また万一そのミスで人命にかかわるようなことになれば、建築士法を超えて刑事罰を受けなければならないでしょう」

「故意か過失かによっても違ってくると思います。今回は故意ではなく過失なので」と竹下が補足した。

「故意に不正な構造計算をするなんてことがあるんですか」と院長が有川に訊く。

「普通はありません。あるとすれば依頼主からの圧力とか、仕事の手間を省くためとか、これぐらいなら問題あるまいと手抜きするとかの場合だと思います。姉歯事件は依頼主の圧力があったことになりましたが、実際は鉄筋を減らせという要請に対して、能力不足のためか多忙のためか怠慢のためか、故意に詳細な検討を省略していたことが判明して処分されました」

「いずれにしても設計者の責任は重大で、今回の場合もこれから適正な処置をしてもらいたいですね。くれぐれも建物がつぶれるようなことはないように。増築のことについてはまた相談しましょう」と院長がしめくくった。

三人はあらためて院長に向って頭を下げた。

診療が残っているのでこれ以上時間は取れないことを述べ、院長は入ってきた時と同じようにバタバタと足音を立てて出て行った。

しばらくみんなが沈黙した。それを機に三人は顔を見合わせ、辞去の挨拶をしようと立ち上がりかけた時、静かな足取りで恵美夫人が入ってきた。

「淡路島特産の玉ねぎ皮茶を淹れましたわ」

湯気の立つ五人分のカップを置いて、恵美夫人は皐月真一郎の隣に坐った。玉ねぎ皮茶の独特の香りが漂った。三人はあらためて席に坐りなおした。

有川は斜め前の恵美夫人の横顔をじっと見つめた。視線に気がついた恵美夫人は有川を少し見て微笑んだ。それは有川以外には誰にも分からない表情の変化だった。年は経たが、相変わらず美しい女性であると有川は思った。


「さっきから設計ミスの話を聞いていて、私は医療ミスのことを考えていたよ」と、おもむろに皐月真一郎が話し始めた。

「私たち医者の仕事にもミスはつきものでね。しかも相手が人間なのでミスは直接命にかかわる。その点では間接的な構造計算より危険は大きい」

三人は神妙な顔で聞く。

「人間が行う医療行為にはミスや事故は避けられない。現在も医療の進歩に伴なって事故は増え続けている。新しい技術、新しい薬品が開発され、医療行為はますます複雑化している。医療によって多くの人命が救われる一方で事故による死者も増えている。

大昔おそらく太古の時代には病気は一つしかなかった。病気か、病気でないか、ただそれだけだった。しかし人類が、歴史を経て文明が発達し、治療の方法が生み出されてくると、病気は症状によって分類され、身体の部位ごとに区別され、原因によって分けられて、何百という種類の病名が付けられるようになった。医学の進歩とはそういうものだが、おかげで医者はそれぞれの分野に分かれて、おびただしい量の知識と技術を身につけなければならなくなった。治療は多岐にわたり、もはや一人の医者にできることは限られている。私は内科医だが、内科でも消化器系、呼吸器系、循環器系など、それぞれが高度化し、一つの分野に精通するのも大変だが、専門外の分野では手に負えなくなっている。不断の勉強が必要で、常に最新の知見を得ていないと責任ある医療は行えない。昔ながらの家庭医でも熱と痛みにだけ対応していればよい時代ではなくなった。まして我々のようにこんな病院を構えていれば、責任は重大だ。

医者もまたミスをおかす。ミスが顕在化すると医療事故になり、マスコミに取り上げられて裁判になったりする。私たち医者は常にその事故を警戒して万全の注意と準備をしているが、ミスをおかすのは医者だけではなく、医療業務に携わる看護師や技師、助手、薬剤師、栄養士、事務員にもその可能性はあり、さらに医療器具の不具合なども原因になる。したがって百パーセントの無事故は望むべくもない。こんな恐れは建築の設計にもあるんでしょうね」

皐月真一郎は有川の顔を見て言った。

「お話を伺っていて、似ている部分と異なる部分があることを感じました。建築設計の中には意匠設計、設備設計、構造設計の三つの分野があります。私共のように構造設計にたずさわる人間を構造屋と呼んでいるんですが、ミスが直接命に係わるという点で構造設計には医師の皆様と共通するものがあります。

構造屋のミスは建物の安全性を損ないます。最悪の場合は建物の倒壊を招き、多くの人命を奪うことがあります。それは主として地震や暴風の短期荷重時に生じます。特に地震時です。阪神淡路大震災では建物の倒壊がもとで数千人の人が亡くなりました。

それに比べると通常の荷重、すなわち長期荷重時には人命にかかわる建物の損傷はほとんどありません。あるとすればスパンの大きい床や梁が落ちて人が怪我をしたり死んだりするケースですが、現在の我が国の構造設計ではまず起きないと言ってよいと思います。

地震時の倒壊は過去に無数にあります。しかしそれが構造屋のミスによるかというと必ずしもそうではありません。原因は地震という自然現象に対する人知の不足であったと思います。地震時に建物に生じる揺れは、建っている地域、地形、地盤によって著しく変わります。また、建物の形状、高さ、構造形式によって複雑に変化します。耐震設計というのはそれらの条件を包含する法律、基準に準拠して行われています。その法律や基準は地震があるたびに整備され進化してきましたが、どうしてもカバーされない未知のケースがいつでもありました。建物の倒壊はその各時代でカバーされていなかった事由によるものが大半であって、それを構造屋のミスと裁定できるものではありません。だからこれまで地震被害について構造屋は罪に問われることはありませんでした。

いっぽうで建築構造に使用される材料は進歩しています。コンクリートも鋼材も強度の大きい製品が開発されています。これまで不可能だった長スパンや高層の建物が可能になっています。そして解析技術もコンピューターの高性能化、小型化によって革新的に進みました。昔は計算尺とそろばんでやっていた構造計算が、パソコンを使ってより精密により速くできるようになっています。

構造設計の理論と技術は日々更新されています。私たち構造屋は絶えず新しい知見を学んでいかねばなりません。もし構造屋のミスを言うなら、それは個々の構造屋の知識不足、能力不足に原因があり、私たちは絶えず自省していなければならないことです。注意と準備を忘れてはなりません。その点は医師の皆様と同じです」

「いずれにしてもその仕事に携わる人の研鑽と、いっぽうで多重チェックの仕組みが必要だね。それによって未然にミスを防ぎ、事故を減らしていけると思う。しかし私が今想像しているのは隠れたミスだ。さっき息子が言っていた例だが、百八十キロの能力の車が、ミスによって知らぬ間に百五十キロに落ちてしまっている。有川さんは八年後にミスに気がついて対策を立てたが、床の安全検討を依頼しなかったら不明のままだった。もし想定以上のとんでもない地震があった時に、本来なら倒れずにすんだかもしれないのに倒れて、我々はその原因を知らなかったことになる。

同じケースが医者にもあり得る。それは治療の選択の問題だ。ある患者さんに対して、今ここでAの治療を行うかBの治療を行うかを選ばねばならない瞬間が来たとする。それまでに得られたデータに従って、医者は最善の手段としてたとえばAを選ぶ。もちろんそれにはそこに至ったデータと患者さんや家族の意見が判断の材料になるが、最終的に決めるのは医者だ。しかしそれが最善であったかどうかは分からない。Aの治療でその時その病気は治っても、知らぬ間に患者さんに何らかのダメージを与えて、何年か寿命を縮めているかもしれない。あらゆる治療には副作用があるからそれは否定できない。もし逆にBを選んでいればひょっとしたら得られたかもしれない余命の何年かが、Aを選んだばかりに失われた可能性がある。私は今象徴的にAとBの二択の問題として話したが、実はこれは医療行為のあらゆる選択に言えることだ。もちろん真実は誰にも分からない。しかし分からないからと言って無神経でいるわけにはいかない。それは医者の良心というものだ。

有川さんも私もがんにかかっている。さっきも言ったががんは治療方法が進歩して今ではけっして死に至る病ではない。がんは高血圧や糖尿病と同じように慢性疾患と考えて取り組んだ方がよい。生存率も改善されている。

ところが私の患者の中にこんな例がある。そのがん患者は、私の最終判断で手術をせず化学療法を選んで闘病している。実はレントゲン、CT、細胞診、その他の様々な検査でがんの確定診断が出た時に、私は手術をさせるため外科病院に送ろうと思った。ところが患者は手術への恐怖と身体にメスを入れたくないという希望を持っていて、私はそれに負けて内科的治療を選択した。三年経っているが、初めは順調にがんの縮小が見られたのに最近は拡大に転じている。五年生存は危うい。これは私の見えないミスではないかと反省している。あの時やはり強引に外科へ送っておくべきであったと。建築の構造設計でもそんな葛藤が起きることはありませんか」

「震度六以上の大地震は、阪神淡路大震災以来各地で起きていますが、自分が設計した建物がそれに遭遇することは確率的にはめったにありません。神戸でも淡路島でも、地域を限ればその後震度六以上の地震はありません。また仮にそれがあって、その時自ら設計した建物が倒壊しても、ミスであったと自覚することはないでしょう。なぜなら構造設計は構造屋の裁量で自由にできるように見えて、実は法律、基準で細かく規制されているからです。さらに検査機関のチェックも受けているので、倒壊の原因が自分のせいとは感じないシステムになっています。その意味で選択が誤りであったと後悔することはなくてすんでいます。いわば規制によって守られていると言えます。しかしだから無関心でよいかというとそうではありません。建物の耐震性は構造屋の工夫でやはり高めることが可能です。地震に対してより強い構造というものがあり、構造屋はいつもそのことを意識しています。それは構造のバランスです。

これまでの大地震で倒壊などの大被害に遭った建物の特徴は、剛性のバランスを欠いていたことです。剛性というのは地震に抵抗する要素の集まりのことですが、その耐震要素が平面上でも立面上でもバランスよく配置されているのが強い建物です。

各階の平面内に柱や壁の耐震部材をまんべんなく配置すること、これが片寄っていると偏心が大きくなり、建物は水平にねじれて弱くなります。また同様に上下方向にもまんべんなく配置すること、これを怠ると弱い階に地震力が集中してその階から崩壊しやすくなります。マンションなどで一階がピロティ形式の駐車場になっていて、エレベーターのコア部分が平面の端にあると、耐震要素が偏心しているうえに一階の剛性が極端に小さくなって、地震に対して最も危険な構造になります。構造屋は可能な限りそういうバランスの悪い形式を避けるよう工夫します。法律、基準は、バランスの悪い建物でもその度合いが一定の数値以下であれば許容していますが、構造屋はその悪さ加減を極力小さくするよう努力します。しかしこのことは意匠設計の意図とぶつかることがしばしばです。意匠屋さんには意匠屋さんの表現意欲があり、構造屋のバランス重視と矛盾することがよくあります。残念ながら意匠屋さんは構造屋の仕事の発注元であることが多い。そこで構造屋は自分の理想を曲げても意匠屋さんの言うことを聞かざるを得ないことが多い。葛藤はこういうときによく生じます」

「なるほど、バランスが大事というのはよく解る。人間の健康にもバランスある生活が大切だからね。私は医者だが、医術以前に人間の存在のありかたを考えることがある。それは今いみじくも有川さんが言った平面的なバランスと垂直的なバランスだ。

人間の平面的なバランスとは、その人が今生きている世界のバランス、具体的には家族、仲間、地域、社会、国家が平安で安定していることだ。争いがあるとその中にいる人々の健康は損なわれる。また垂直的なバランスとは、時間の中のバランス、すなわち過去、現在、未来にわたる安定だ。わが国には長い歴史と伝統があり、それが日本人の血と肉となって知らず知らずのうちに私たちの心と身体の健康を保っている。意識しているかどうかにかかわらず、平和で安定した時代が長く続いている社会では、そうでない社会に比べて、人々は幸せな人生に恵まれると思う。

年を取ったせいか私は保守的な考え方に傾いている。改革改革と叫んでいつも現状を否定して破壊しようとする人たちを私は受け入れられない。物事の改革は破壊によって始まるのではなく、一歩一歩不具合を正して改善していくしか方法はない。絶えずバランスを保ちながら進めて行かない限り結局は成功しないと思う」

「おっしゃっておられることに同感です。建物の構造のあり方も同様です。地震国であるわが国では、大正十二年の関東大震災が近代建築の受けた最初で最大の試練でした。それ以来建物の耐震について多くの先人たちが苦労して現在の耐震設計理論をつくってきました。それは結局平凡な真実に行き着いていると思います。合理的でバランスの取れた構造、それが耐震設計のベストです。材料の高強度化と解析技術の進歩でアクロバチックな形態と構法が可能になり、それを誇張するような奇抜な構造の建物がいくつも建っていますが、耐震という観点ではいつか逆襲を受けるのではないかと思います。人知はまだそこまで達していない。人間は傲岸になってはいけません。昔ながらの平凡な形状の建物が、結局地震に対して最も強いというのが私の結論です」

医師と構造屋の意見が、分野の違いを越えて一致した。

「私は有川さんのことを憶えていなかったんだが、何年ぶりだったかな?」と皐月真一郎が隣の恵美夫人に尋ねた。

「……」恵美夫人は黙って有川を見た。

「四十五年ぶりですね」と有川が言った。

「そうですね。あれからずいぶん経ちました」と恵美夫人が答えた。

「有川さんも私も今やがん持ちになった。お互い年を取ったものだ。ところで有川さんは奥さんは?」

「喪いました。二十八年になります」

「それからずっとお一人で? お子様は?」

「ありません」

有川は恵美夫人がじっと自分を見つめているのを察し、顔を向けてその視線を受け止めた。数秒そのまま目を交わした。かつての若い恵美の瞳が有川の脳裡によみがえった。

いつのまにか時間が経っていた。レースのカーテンを通した中庭は、日が暮れて薄闇が訪れている。

「今日はよく来てくれました。機会があったらまた四方山の話をしましょう。ミスはミスとして、リカバリーする方法を考えたらいい。リカバリーできるミスは許容できる」

「そう言っていただいて胸のつかえがおりました。有り難うございます」と有川は頭を下げた。

「それはそうと、いつになるか分からないがここで『寝床』演奏会をするので、ぜひ来てください」皐月真一郎がにこにこして言った。

「増築の計画が具体化するときには摩耶建設の方へ御連絡ください。意匠設計の事務所を紹介させていただきますので」と竹下が言った。

「院長に言っておくよ」と皐月真一郎が答えた。

三人は辞去の挨拶を述べて立ち上がった。

恵美夫人が玄関まで見送った。奥から院長夫人も顔を出した。

廊下を歩きながら有川はさっきの恵美夫人の言葉を反芻していた。「あれからずいぶん経ちました」あれとは何を指しているのだろう。それは有川との四十五年前の仔細であって、それを忘れていないことを恵美は暗に有川に伝えたのではないか。

有川は最後にもう一度恵美夫人の顔を見た。恵美夫人も有川を見返した。これが最後だろう。

その瞬間、長年の疑問にようやく答えが与えられたと有川は思った。

第十一章

車に戻ると中島がすぐに尋ねた。

「所長、今夜お泊りなんですか。だったらぼくも泊まります。森さんからくれぐれも所長のお身体に気をつけるよう言いつかっています。所長を一人で泊まらせたらぼくは森さんにつるしあげられます」

「先生、見ておきたい場所と建物とはどこですか。私も泊まって御案内しますよ」と竹下も言った。

「いやいや、君たちはそれぞれ明日用事があるだろう」

中島は二人の子供が通う小学校の父親参観があり、竹下は別の得意先をゴルフに接待することになっているのを有川は知っていた。

「私のノスタルジーでね。一人で郷愁に浸りたいんだ。そんな場所が二・三あって行ってこようと思っている。それに昔現場で世話になった女性が老人ホームにいるので尋ねてみることにしている」

有川は年賀状だけ今も続いている馬場さんに会うつもりだった。

「森さんにはホテルから電話して謝っておくよ。前もって言うと許してもらえなかったからね。身体の方は大丈夫だ。用がすんだら事務所までタクシーで帰るから心配しないでくれ」

中島はそれでも心配そうな顔を崩さなかった。

「それよりか、腹が減ったな、海岸通り沿いに活魚レストランがあっただろ、晩飯を食おう」

淡路島は四周が囲まれた海の幸に恵まれている。鯛、鱧、生しらす、蛸、海老など鮮魚料理が美味しい。レストランに席を取り、三人はくつろいだ気分で夕食をとった。有川は長くしゃべって疲れ、ぐったりしていたが、長年の重荷が下りてほっとした気分になっていた。幸い咳の発作も出ず、上機嫌で新鮮な魚料理を味わった。

「無難に終わって良かったですね」と竹下が言った。

「私の過失に巻き込んでしまって申し訳なかった。でもほっとしたよ。これで安心というわけではないが、とりあえず一つの山を越えられたと思っている。そこで君たち二人に頼んでおきたい。今後、皐月内科医院の増築の件はよろしく頼む」

「増築計画は近々具体化しそうですか」と中島が竹下に尋ねる。

「院長はすぐにでもやりたそうに言っていたが、入院のベッド数が今不足しているのは確かなようなので実現するかもしれない。もしその仕事が出れば他社に取られるわけにはいかない。社に帰ったら上に話して、営業活動を進めますよ」

食事が終わって伝票を取る竹下を制し、今日は私の贖罪のためにつきあってもらったのだからと、有川が支払った。

竹下の車でホテル望月荘まで送ってもらった。車から下りて二人を見送るとき、まだ心配そうに有川を見ている中島に笑って手を振った。

ホテル望月荘は、有川が四十五年前の工事中にいた本館からさらに東側に同規模の七階建てで増築され、本館の西側の旧木造建屋は阪神淡路大震災で破損したため取り壊され、そこも鉄筋コンクリート造三階建てで建て直されていた。

本館内にフロントとラウンジがあり、三期にわたって建てられた全体の一・二階は共用スペースになって、宴会場、レストラン、売店、ゲームコーナー、それに大浴場がつくられていた。客室数は全部で九十、淡路島では規模も質も有数の観光ホテルになっている。

有川は工事中にここを離れて以来訪れたことはなかったので、竣工後の建物の外観も内部も初めて見る光景であった。最も古い本館は四十五年経っているとはいえ、改装が何度か行われていて古さを感じさせなかった。フロント周りも最新の装備が設置されている。

有川は予約してあった本館六階のシングルルームに入った。この建屋は有川が描いたコンクリート形状図と鉄筋加工図によって施工されたものであることを、あらためて感慨深く思い出した。現場で毎日毎日描いた図面が、この建物の骨格を形作っているのだ。窓際へ行き、閉じられていたカーテンを少し開けて外を見る。黒い海の上に丸い月が明るく輝いていた。望月荘の名前の由来を思い出した。目を下に転じると、最後に増築された三階建ての屋根の向こうに有川が恵美に愛を告白した庭があった。ぼんやりとした外灯がならび、手紙を渡そうとした場所が見えた。

急に思い出して森さんに電話をかけた。リビングの電話が鳴っている。森さんはすぐに出た。

「まあ、先生、いまどちらですか」

今夜ホテルに一人で泊まることにしたこと、中島は竹下と一緒に帰路にあるので一時間余りでそちらに着くだろうことを告げると、森さんはうろたえた声で、

「先生、どうしてそんなことをなさったんですか。中島君にあれだけ言っておいたのにもう、一人になってはだめ、先生、咳は大丈夫ですか、お薬は？　着替えは持っていますか、洗面用具は？」

「大丈夫だよ。薬は飲んだし、着替えは一日ぐらい無しでもすませられる。洗面具はホテルに付いてる。仕事がうまく運んだので気分は楽だ。咳も出ていない。今夜はこのまま寝て、明日二、三用事をすませたらタクシーで帰ります。あなたも今日はゆっくり休んでください」

森さんの高い声は、かつて会社員時代妻がやかましく有川の身を案じたのを思い起こさせた。たとえば宿泊出張の際、外で暴飲暴食をしないこと、夜は必ず妻に電話をすること、日常生活では歯磨き、入浴や着替えなど、身の清潔にはなにくれと干渉した。

久し振りに親身に心配してくれるうるさい女性を身近に感じた。それはなぜか心が安らぐ感

覚だった。そしてあらためて森さんを伴侶として強く意識した。

夜が明けた。ベッドから下りた有川は、昨夜見た庭を見下ろした。今日午前中に行くべき場所の最終箇所はあそこにしようと思った。それは恵美に告白した場所である。ぐっすり眠ったお蔭で体力はある。二階の大食堂へ行ってバイキングの朝食をすませ、チェックアウトをしてホテルを出た。

四十五年前、若き日の自分の生きた痕跡をさがして訣別する。それが今日の目的である。この前、妻の死んだ病院を訪ね、建物の周辺と病室を回った時と同じ心境である。自身の過去に別れを告げるのだ。感傷はひそかな快感であることを有川は知っている。ゆえに日頃他人にはそれを見せないが、一人きりの時は思い切り感傷に浸ることを有川は自分に許した。

まず公民館のあった所へ行く。毎週一度下房恵美と会えた場所である。しかしそこには昔の木造の公民館はなく、鉄筋コンクリート造の多目的ホールが建っていた。ホールの正面入り口に面した門内に入り、当時の公民館の玄関があったとおぼしき場所に行って道路の方を見ると、現在のバス停の標識が見えた。まるで哀願しているかのように感情のこもった目で有川をじっと見つめたあと、くるりと向きを変えて一緒に帰るメンバーが待つバス停の方へ走り去った時の恵美を思い出した。それを追えずただ茫然と見送った不甲斐ない自分自身に、今有川は自虐的な哀惜の念を覚えた。

再びホテルの近くまで戻り、そこから徒歩で五分、かつて現場へ十箇月間毎日通った道を宿舎のあった場所へ行く。道路の左右にあった畑はもうなくなり、住宅街になっている。下宿のあったところへ来た。木造二階建てのアパートがあったはずだが、跡形もなく、そこは六階建てのマンションが建っていた。有川は周りを見回し、見覚えのあるものを探した。何も無かった。すべてが変貌していた。遠くを見る。低い山並みが見え、その曲線に見覚えがあった。そうだ、下宿の窓からあの山を眺めながら、恵美を想い続けたのだ。

あの日はここからスタートし、徒歩で恵美の家のそばまで行った。しかし今は体力を温存したい。有川は県道へ出て路線バスに乗った。バスには座席がないほど乗客があったが、一人の女子高生がすぐに席を譲ってくれた。

県道の両側も変貌していた。かつては農地が続いていたのが、今は住宅や店舗や社屋が立ち並んでいる。恵美の家があった丘に登る坂の下でバスを下りた。曲がり角にあった電話ボックスはもう無かった。あの日はそこから電話して恵美の行き先を聞き引き返したのだが、今はその前の年末に恵美を求めてさまようように登った坂道を、有川はゆっくりと歩いて行った。恵美の家は高い塀の中に樹々に囲まれてあったはずだが、塀も樹々も無くなり、その敷地には幼稚園ができていた。昨日皐月真一郎が、阪神淡路大震災で住めなくなるほど壊れたと言っていたが、恵美の実家は取り壊されて土地は処分されたのだろう。

有川はしばらくその幼稚園の庭を見つめた。日曜日にもかかわらず、何かの行事のために園児たちが先生に指導されて遊戯をしている。子供たちの可愛い所作を有川はしばらく眺めた。幼い命が生まれ年老いた命が消えていく。人間の絶えざる営みがそこにあるのを有川は感じた。

　再び坂道を下り、バスを待つ。ホテル望月荘の近くのバス停で下りた。まわりの景色は変化しているが、道路の位置は昔のとおりである。有川はゆっくりと敷地内に入っていった。元は旅館玄関前の広庭であったが、今はホテルの泊り客の散策場所になっている。ただホテルの本館から離れているので訪れる人は少なく人影が無かった。旧旅館は建て替えられて大浴場と宴会場になり、この庭はそこから眺望できるようになっている。

　有川はまっすぐに恵美に手紙を渡そうとした場所へ来た。海の方を見ると四十五年前の記憶がよみがえった。あの時と同様に護岸に当たる波の音が聞こえる。

　有川はそこに立って、しばらく海を眺めた。あの日の一言一句が脳裡に浮かぶ。あれは青春のひとこまであった。

　そのとき、かすかな足音が背後に聞こえ、人の気配を感じた。

「やはり、ここへいらっしゃったんですね」ひそやかな声がした。思わず振り返る。そこに恵美夫人が立っていた。四十五年前と同様、デザインは少し変わったが望月荘の和服を身に着けている。

「昨日、見ておきたい場所や建物があるとおっしゃっていたので、ひょっとしたらここへいらっしゃるのではないかと思っていました」

有川はまるで幻を見るように夫人を見た。恵美の出現は予想外の驚きであった。

「お久しゅうございます」と恵美が言った。昨日会ったばかりなので、この言葉は四十五年ぶりの邂逅を意味していると有川は瞬時に察した。

「ここでお会いできるとは思ってもいませんでした。驚きました。私を見つけて出てきてくださったんですね」と有川は答えた。

「昨夜からこちらに来ています。震災で壊れてから下房の実家がこのホテルの中にあるので泊まりました。今日の午後、父の白寿のお祝いを三階の宴会場で催すことになっています」

「白寿というと？」

「九十九になります。母は十年前に亡くなり、兄嫁も昨年亡くなったのでわたくしが父の付き添いをします」

「お父上とは下房信一氏のことですね。お元気なんですか」

「父は望月荘の二代目です。兄謙一が三代目、現在はその息子が四代目です。わたくしの甥にあたります。女性が先に逝き、なぜか父ばかり長生きして。おかげさまでこんなホテルに成長したので、家族、親族以外に島の政治家や財界の方々も出席してくださることになっています。夫も宴会には参ります。実家の部屋からこの庭が見えるので、さっきから時々見ておりました。きっとあなたが来られるだろうと」

有川は恵美がそんな予想と期待を持っていたことに驚くと共に喜びを感じた。

「お忙しい時によろしいんですか」

「それほど忙しいわけではないんですよ。スタッフが何もかもやってくれますので。わたくしの役目は父に付き添うこと」

「そうですか。お父上は身体が御不自由なんですか」

「いいえ、そんなことはなくいたって元気です。毎朝三十分ぐらい海岸を散歩するぐらいですから。付き添うのは亡くなった母の代わりです」

有川はあらためて今回皐月内科医院を訪ねた理由を述べた。

「私の仕事上のミスのため、御迷惑をかけていることをお詫びに参りました。昨日は皐月先生にお目にかかり、そのお話をさせていただきました。赦していただけたかどうか分かりませんが、長年気がかりになっていた義務を果たせてほっとしています。同時に、ひょっとしたらあなたにお会いできるのではないかと期待を持っていました。それも念願が叶いました。あなたは相変わらず美しいままの人でした」

「まあ……いいえ、もう歳を取りましたわ」

恵美夫人はそこであらためてまっすぐに有川の顔を見た。そして意を決するように言った。

「ずっと、長い間お詫びしなければならないと感じていました。この場所でわたくしはあの時申し訳ないことをしたと思い続けてきました」

「手紙を受け取らなかったことを、でしょうか」

「いいえ、お手紙はしょせんいただくわけにはいかないものでした」

「では、何を？」

「あなたを愛していたことを、お伝えしなかったことです」

それは有川にとって驚きの言葉であるとともに、長年の疑問が解ける安堵の瞬間でもあった。

黙って恵美の目を見つめる。恵美も視線をそらさず、有川の目を見返した。

「ぼくの気持ちはあの時お伝えしたとおりでした。ここの工事現場に着任して馬場さんにコーラスサークルへ誘われ公民館で初めてあなたを見た瞬間から、私はあなたのとりこになりました。まるでそれは定められた運命であるかのように、逃れることは不可能でした」

有川は当時の心境を述べた。恵美ははにかむように微笑む。そして、

「あなたがコーラスサークルへ現れた最初の日から、わたくしはあなたのお心を感じ取りました。女はそんなことには敏感です。でもそれはわたくしにとっては初めての体験でした。そして正直に申しますと、わたくしもまたあなたに惹かれたのでした」

「でも、あなたにはその時すでに皐月先生という方がおられた。そうですよね？」

有川は恵美と皐月真一郎の交際が始まった時期を今も知らない。しかしその前提で疑問をぶつけた。

「そうです。わたくしは皐月とすでに将来を約束した間柄でした」

「やはり……ではなぜ、なぜ私を？」

「今思えば、それは異なった愛情と申し上げるしかありません。皐月との交際はわたくしが神戸の女子短大に入学した十九歳の時に始まりました。冬休みの帰省の船の中で皐月のほうから話しかけてきました。その秋にわたくしの学校の学園祭で、コーラス部のピアノを弾いたわたくしを見て憶えていたと言って。皐月は医科大の学生でした」

「私があなたに会う三年以上も前ですね」

「初めはお互いにコーラス部仲間同士の複数のお友達で、六甲に登ったり、コンサートに行ったり、歌声喫茶に行ったり、甲子園まで野球を観に行ったりするおつきあいでしたが、そのうちに皐月と二人だけでお食事をしたり映画に行ったりするようになりました。知らず知らずのうちに打ち解けて、恋人同士のような関係になっていったような気がします」

「当時の男女は今と違ってまだ旧式のマナーがありましたね」

「わたくしは皐月のことを兄のように敬愛していました。わたくしには実の兄がありますが、皐月は違ったタイプの男性で、女性への接し方がスマートで気軽で洗練されていて、一緒にいて安心感がありました。音楽への造詣が深く、教えられることがたくさんあり、その点でも尊敬できる人でした」

「私が初めてあなたにお会いした時には、あなた方はすでに婚約なさっていたんですか」

「ええ、二人の間では同意していました。皐月が希望しわたくしも望んでいました。わたくしは結婚はそんなふうに決まるものだと思っていました。ごく自然に二人の気が合って、あとは両親に打ち明けて家と家との合意があれば成立すると」

「じゃ、私の入り込む余地は無かったわけだ」

「毎週土曜日の公民館での練習の際に、わたくしはあなたの目が気になるようになりました。いつもじっとみつめていらっしゃる。それはわたくしをとらえて離さない。同時にわたくしに喜びをもたらす視線でした。わたくしはおそれました。何か心が分裂していくような、平穏な生活が破壊されていくような。そんな不安を覚えるとともに、どんどんそれにのめりこんでいきたい欲望を感じました。これまで感じたことのない喜びでした」

恵美は視線を海のかなたに転じて、追憶にふけるように言った。

「それがわたくしの初めての恋だったんでしょうね。皐月への愛情とは異なるものでした。でもそれはしてはいけない恋だと、常に自分をいましめる声をかけつづけなければなりませんでした」

「そうですか。それであの七箇月のあなたの振る舞いが理解できたような気がします。私はあなたの態度に一人で勝手に苦しみ、翻弄されました」

「わたくしも苦しかったんですわ。どうしていいか分からなかった。あなたに対して誠実でなかったと思います。わたくしの態度によってあなたが一喜一憂され、苦しんでいらっしゃるのを心苦しく感じていました。でも、同じぐらいわたくしも苦しんでいたんです」

「この場所で、私が手紙を渡そうとした時、あなたは何らかの決意をなさっていたんですね」

「はい、あなたを愛してはいけない、あなたを忘れなければならないと決心していました。お手紙を受け取らなかったのはそのためです」

「そして結局、私はあなたに拒まれてこの島を去りました。しかし本社勤務になってもあなたのことが忘れられず、ずっと解けない疑問を持ち続けていました。彼女は私をどう思っていたのか。好意があったのか無かったのか。無かったとすれば彼女の色々な態度が腑に落ちない。ならば愛されていたのか。そう考えたいけれども自信はない。どちらなのか。ずいぶん長い間その疑問に悩みました。忘れ去るには余りにも強い思い出であり煩悶でした。しかし今日、その疑問は解けました。あなたは私が期待していたとおり私を愛してくださっていた。有難うございます。でもそんな状態で皐月先生と結婚なさることに迷いを感じることはなかったんですか」

　恵美は一瞬黙った。そして有川を見て静かに口を開いた。その表情には固い決意が見えた。

「迷いはありませんでした。というより迷いを封印しました。なぜなら女だからですわ。わたくしはこの世に生きる生身の女です。人生の大半を終えた今こそよく解ることですが、女は生き物として子を産み育てる本能を持っています。生身の女の一生は長い。その女の本能がわたくしに道を選ばせました。打算とか損得ではなく、安心を求めたのです。わたくしは四十五年前にあなたを拒み、皐月を選択しました。そのことを今も後悔していません。これでよかったと思っています」

有川は深くため息をついた。

「それで、あなたは幸せだったんですね」

「ええ、幸せでした」と恵美は答えた。

「あなたはこの場所で『この秋結婚する人がある』とおっしゃった。私は初め、旧家の厳しいしきたりのもとで、意に沿わない結婚を強いられているに違いないなどと勘違いしました。だから馬場さんから、相手が皐月先生と知らされてびっくりしました。そのうえ『この秋』というのが六月に早まり、さらに五箇月後に御出産と知った時は打ちのめされました。私の失恋はその時確定したのです。それから今日まで私も自分の人生を生きてきました。数年後に結婚し、その妻を十二年後に喪いました。私もまた人生の大半を終えた今こそ解ることですが、私にはいつも女性への崇拝の念がある。あなたへの愛も死んだ妻への愛も、さらに今私の身の回りの世話をしてくれている女性に対する気持ちにも、常に女性崇拝の念が入っています。私の尊敬する山本夏彦というコラムニストは女性崇拝について洞察し、『どんな無頼の男にも女性崇拝の念がある。それでこそ男だ』と言っていますが、私はとりわけその念が強いのを感じます。女性を理想化し、神格化し、女性はこうあってほしいという希望が強い。極端に言えば、私にとって女性は女神でなければならないのです。でもその性質の男はけっして女性を幸せにはしない。むしろ不幸にさえする」

「あなたはわたくしを女神のように崇拝なさいます。当時も今も。でも異性を崇拝する精神は男性だけのものではありません。女性にも、男性のそのような愛に呼応する心があります。わたくしがあなたに惹かれたのは、まちがいなくわたくしのそんな女神でありたいと願う部分です。けれどもその愛を続けるためには、わたくしはずっと女神であり続けなければなりません。女は本能的にそれは不可能と知っています。女神としては生き続けられないのです。繰り返しますが生身の女の一生は長いのです」

「そうですね。よく解ります。人はこの世に生きている間、肉体を持った生身の生き物以外ではありえません。その現実の前では、夢のような愛は永続しないのでしょう。それゆえに実現しなかった愛の物語は、文芸作品の名作としてたくさん残っています。不幸な男が書きのこした女性崇拝ゆえの失恋の物語です。そんな形でしか男は女神を護ることができなかったのでしょう。人間が動物のようにただ本能だけで異性を求めるものならば、そのような芸術は生まれません。思い出せば私が愛した作家はことごとく女性崇拝家でした。たとえばスタンダール、バルザック」

「音楽の世界でも同じだと思います。名曲としてわたくしたちが感動する作品には、不幸な恋がモチーフになっているものがたくさんあります。男性だけではありません。女性にもその動機はあります。でもわたくしは平凡な生身の女で、あなたの愛には応えられず普通の人生を選び、三人の子を育てました。ただそのためにあなたに対して申し訳ないという気持ちだけは持ち続けてきたのです。お赦しいただきたいと思います」

有川はしばらく黙った。恵美も沈黙したまま、二人は遠くの海を眺めた。

「今日は本当に有難うございました。よく出てきてくださった。こうしてあなたとお話ができたことは望外のことです。長年の疑問が解けてほっとしています。昨日も申したとおり私はがんの末期で余命はもうわずかです。あなたの本当の心を知って、思い残すことはありません」

「今日はこれからどうなさるんですか」

「会っておきたい人に会いに行きます。馬場さんです」

「まあ、懐かしい人ですわ。もう何年もお会いしていません。わたくしからよろしくとお伝えください。そしてあなたが最後までお身体を大事になさいますようお祈りいたします」

そのまま、恵美は小声で『ともしび』を唄い始めた。合唱コンクールで唄った曲だ。遅れて、有川もつぶやくように唱和した。思いがけず皆で練習した公民館の談話室の光景が脳裡によみがえった。

夜霧のかなたへ 別れを告げ
雄々しきますらお いでてゆく
窓辺にまたたく ともしびに
つきせぬ乙女の 愛のかげ

戦いに結ぶ 誓いの友
されど忘れ得ぬ 心のまち
思い出の姿 今も胸に
いとしの乙女よ 祖国の灯よ

やさしき乙女の 清き思い
海山はるかに へだつとも
ふたつの心に 赤くもゆる
こがねの灯 とわに消えず

変らぬ誓いを 胸にひめて
祖国の火のため 闘わん
若きますらおの 赤くもゆる
こがねの灯 とわに消えず

唄い終わると、恵美夫人は最後にしばらく有川の顔を仰ぎ見て、「さようなら」と告げ、静かに立ち去って行った。

ホテルのラウンジに戻って、サンドイッチと紅茶の簡単な昼食を摂った。そしてフロントに頼んでタクシーを呼んでもらった。時刻はいつのまにか正午をすぎていた。有川はタクシーに乗り込む際、見納めとなるホテルの本館を見上げた。四十五年前の自分の作品である。この建物の躯体には有川の青春が埋まっている。その青春に別れを告げた。

馬場さんとは有川が会社を辞めてからも年賀状の交換だけが続いていた。馬場さんは定年まで在籍し、柳田所長の下で淡路島の現場の事務主任であったあと、柳田所長が神戸支店長として転出後は後任の所長のもとで同じ職務についていた。公民館勤めの同い年の夫と同時期に引退し、二人で悠々自適の生活を送っていたが、夫が病気で早逝したため一人暮らしになり、十五年ぐらい前に老人ホームへ移った。子供は無かった。年賀状はなぜか二年前に途絶え、有川への返信も無くなっていた。

馬場さんの老人ホームはタクシーで南へ約四十分の距離にある。有川は行き先を告げ、持参した二年前の年賀状を見せて住所を示した後、後部座席で恵美夫人との会話を反芻しながらぼんやり外を眺めた。同じような県道の風景を見ているうちに眠くなりうとうととした。

「お客さん、着きましたよ」運転手の声に起こされた。

「有難う」料金を払って下り、老人ホームの建物を見上げた。玄関に銘板があり、まちがいなく馬場さんが入居している老人ホームであった。

建物は、鉄骨造四階建てで、ＡＬＣ版外壁の典型的なローコスト仕様になっており、高齢化社会の到来で増え続けている施設の一つであった。年金制度と介護保険制度の充実で、老人自身で費用負担が可能となり、団塊の時代の人たちが亡くなるまでの二十年ないし三十年の耐用年数を考えて建てられている。一階が共用施設、二階から四階が独身または老夫婦用の居室になっていて、外部に面する窓を数えると各階に八室ずつ配置されていることが分かる。

玄関を入ると左手に管理事務室があり、有川は窓越しに「お願いします」と声をかけた。中年の男の管理人が出てきた。

「馬場トシさんに面会できるでしょうか」と尋ねる。

「あなたは？」

「古い知合いです。有川と申します」

「ちょっとお待ちください。おーい、馬場さんは部屋かい？」

奥から管理人の妻らしい女性が、人の好さそうな表情で現れた。

「さっき行ってきたばかりよ。今日は調子がいいみたい」

「お客さんだ。連れてこられるなら頼む」

会話を聞いていて、有川は馬場さんの健康状態がよくないことを察した。

「ちょっとお目にかかれたらと思ってお訪ねしました」

「いいですよ。あちらの部屋で待っていてください」

管理人の妻は事務室から車椅子を出してきてエレベーターの方へ行った。

有川は管理人に示された隣の部屋に入った。食堂と談話室が兼用になった広い部屋で、片隅にテレビがセットされている。その傍のソファーに数人の老人たちがぼんやりと坐っている。テレビの横の棚には老人たちのための遊戯用道具が並べられ、雑誌やパンフレット、碁盤や将棋盤も置かれていた。

管理人は「馬場さんとはどういうお知り合いで？」と尋ねた。

「昔同じ建設会社に勤めていました。私が初めて赴任したのが、観光ホテルの望月荘の現場で、馬場さんはそこの事務主任でした。そのときお世話になったんです。私が転勤するまでの一年足らずの付き合いでしたが、その後は電話で話す程度で、互いに消息は承知していました。そのうち年賀状のやり取りだけになり、それも二年前から途絶えて心配していたんです。所用で淡路島に来たのでこうして訪ねてきました」

有川は先刻タクシーの運転手に見せた年賀状を管理人に示し、自分の名刺を渡した。

「そうですか。馬場さんは身寄りの乏しい人で、気の毒なんですよ。十五年ぐらい前にこちらに入居しましたが、その時から一人きりで、身元保証人は遠縁の人ですがほとんどお見えになりません。入居当時は外から友達も訪ねてきていて、にぎやかで明るく、歌が好きでずっとこのホームでは人気者だったんですが、二年前に脳梗塞になって、言葉が少し不自由になり、記憶も悪くなって、今は要介護3に認定されています。最近は訪ねてくる人も無く、部屋に閉じこもりがちになっています。お会いになっても判るかどうか。ただ、古いことはよく憶えているので、昔の関係の人なら通じるかもしれません。私たちも絶えず言葉をかけているんですが、何か刺激のある会話があれば少しは回復するかもしれません。ぜひ話しかけてあげてください」

「このホームは介護士の方もいらっしゃるんですか」

「四人います。私の妻も介護士資格を持っています。ここには要介護の入居者が十人います。重い人も軽い人もいるんですが、馬場さんは重いほうです。当初の施設が介護用につくられていなかったので、バリアフリーにしたり、洗面所や浴室の設備を入れ替えたり、改装がたいへんでした。行政の補助があって成り立っているんです」

「馬場さんの要介護3とはどんな状態を言うんですか」

「簡単に言うと、要介護3というのは自分自身の世話を一人で行うことが難しく、生活全般にサポートが必要なことを言います。以前は普通にできていた身だしなみや居室の掃除などといったことができなくなる状態です。たとえば、立ち上がったり歩いたりといったことが自力ではできません。日常的な動作である排泄や食事、入浴といったことに介助が必要です。理解力の低下が見られ、認知症の症状もあります。馬場さんはほぼそのとおりの状況ですが、ただ馬場さんの場合は認知症というよりは脳梗塞の後遺症と言えると思います。私たちは昼間は二時間おきに、夜間は夜中に一回部屋を訪ねています」

「食事が自分でできない？」

「幸い馬場さんの場合は、ゆっくりとなら自分で食べられる状態です。しかしそれ以外のことは私たちが助けてあげています。馬場さんは経済的に余裕があるので、ここに住み続けて介護も受けられますが、世間には自宅で家族の介護を受けなければならない人がたくさんあります。そのため介護離職を余儀なくされる人々がたくさん出てきて社会問題になっていますが、老人問題は今後もっと深刻になっていくんではないでしょうか。この仕事をしながらつくづくそれを心配しています」

有川はふと、自分のようにがんにかかり早めにこの世を去るのは、少なくとも長い介護生活を免れるという点では幸いであるような気がした。他人に迷惑をかけないですむ。がんという病気は終末まで自己の正常な意識が保たれることが多いので、人間の死に方としては望ましいという説がある。人生の終末を自分の意志で整理できるという点で有川は同感である。自分がかつて最期に立ち会った三人の家族、妻は卵巣がん、母は乳がん、兄は胃がんであるが、それぞれ死期を迎えるまで意識は正常に保たれていた。目の前にそれが近づいてきている自分も、最後まで自己を見失わずにいられたらと思う。

第十二章

エレベーターが止まる音がして、ガチャガチャと敷居を越える音が聞こえ、管理人の妻が押す車椅子が部屋に入ってきた。髪が真っ白になった老婆が膝に猫を抱いて坐っている。有川は痩せた化粧気のない老婆の顔を注視した。眉と鼻のところに独特の特徴があり、その老婆が馬場さんであることが分かった。顔には生気が無く、ぼんやりと焦点の合わない目をまわりに向けている。

「馬場さん、お客さんですよ」

管理人の妻が馬場さんの耳元で大声で告げた。馬場さんは目を上にあげその顔を見たが、再びもとの表情に戻る。急に広い部屋に入ってきて膝の猫が飛び降りようと動いたので、馬場さんは下に目をやり猫の動きを止めて引き寄せた。

車椅子は有川と管理人が坐るテーブルの所まで近づいた。

「えっと……?」と管理人の妻が有川をうかがう。

「有川です」

「馬場さん、有川さんですよ。分かりますか」

馬場さんは有川の顔をいぶかしげに見る。

「有川です。久しぶりです」

「アリカワ……」と馬場さんがつぶやいた。

「そうです。有川です。昔ホテル望月荘の現場でお世話になりました」

「ホテル……ゲンバ?」

馬場さんは消えるような声でつぶやく。

「柳田所長の下でホテルを建てた時、ぼくは現場にいました」

馬場さんは何かを思い出すように目をつむった。

「ユージロウ、コーラス?」突然新しい単語が馬場さんの口から出て、まわりの三人は顔を見合わせた。

「そうですよ。ぼくが石原裕次郎の歌を宴会で唄って。それで誘われて馬場さんたちのコーラスに参加しました。公民館で毎週土曜日に練習がありましたね。合唱コンクールにも出ました」

馬場さんの顔が少し変わった。遠い記憶をたどっているような表情である。

管理人夫婦が真剣な顔で馬場さんを見つめている。

「馬場さん、有川さんをよく見て。思い出すでしょ。若かった頃のことよ」と管理人の妻が励ました。

「たのしかったわ」と馬場さんがつぶやく。

「そう、ぼくも楽しかったです。憶えてますか『流浪の民』」

馬場さんはきょとんとした顔で有川を見ている。

有川は小声で唄い始めた。

ぶなの森の葉隠れに
うたげほがい賑わしや
たいまつあかく照らしつつ
木の葉敷きてうついする
(ララシドレミラソファミーミミラー)
これぞ流浪の人の群れ
まなこ光り髪清ら
ニイルの水にひたされて
きららきらら輝けり

四十五年前に唄った歌詞がなぜかすらすら出てくることに、有川自身が驚いた。

突然馬場さんの顔に生気がさした。そして途中から唇が動き、有川の歌に合わせて声が出始めた。管理人夫婦は目を凝らして馬場さんを見つめる。

燃ゆる火を囲みつつ
強く猛きおのこ安らう
おみなちて忙しく
酒をくみてさし巡る

途中で有川の記憶があやしくなった。しかし馬場さんは一人で唄い続ける。

歌い騒ぐその中に
南のくに恋うるあり
なやみはらうねぎごとを
語り告ぐるおうなあり

めぐし乙女舞いいでつ
たいまつ明く照りわたる

管弦の響き賑わしく
連れ立ちて舞い遊ぶ

すでに歌い疲れてや
眠りを誘う夜の風
慣れし故郷を放たれて
夢に楽土求めたり

ひんがしの空の白みては
夜の姿かき失せぬ
ねぐら離れて鳥鳴けば
いずこ行くか流浪の民
いずこ行くか流浪の民
いずこ行くか流浪の民
流浪の民

最後の数行は思い出して、有川も唱和した。

馬場さんの目がうるみ、涙がこぼれている。

「馬場さん、すごい。この歌憶えているのね」と管理人の妻が馬場さんの肩をゆすって言った。

「合唱コンクールで努力賞もらいましたね」と有川。

「そう、どりょくしょう、うれしかったわ」

「ぼく有川です。分かりますよね」

「有川くん？」

「ええ有川です」

「ああ、恵美さんね」

「えっ？　ああ、恵美さんもいました。皐月先生もいました。ぼくと一緒に入った村上くんもいました」

「そのことじゃないの、有川くんは恵美さんが好きだったでしょ？」

「えっ、どうしてそんなことを？」

「分かっていたわ、かわいそうだけどそれはむりだった」

管理人の妻は驚いた顔で有川と馬場さんを見ている。

「こんな会話ができるのは何日ぶりかしら。よかったわね馬場さん」

管理人の話によると脳梗塞を患った後この二年間は言葉を失い、正常な会話ができていなかった。話しかけられる言葉はある程度理解できるのだが、馬場さんからの意思表示が不自由になっていた。ときおり古い話をし始めることはあったが、内容に合わせられる人がなく長続きはしなかった。それが、いま昔の知り合いの有川が現れて、会話が可能になりかけていた。

管理人夫婦は馬場さんの会話を続かせるためには、夫婦がいない方がよいと判断し、電話がかかっているという連絡を機に、事務室の方へ戻ることにした。

「変わったことがあったら声をかけてください」

二人きりになり、有川はゆっくりと、馬場さんから言葉を引き出していった。

「恵美さんと皐月先生のことはよく御存じだったんですか」

「とうぜんよ。知らない人はなかった。恵美さんと若先生は似合いのカップルだった。有川くんが恵美さんに恋しているのはそばにいてよく分かったけど、あの二人はもう婚約していた。そのことを早めにあなたに言ってあげようと思ったんだけど、あなたがあまり真剣だったので言えなかった」

「ええ、真剣でした。ぼくのことがそんなに分かりましたか。隠していたんだけど」

「そりゃ分かるわよ。あなた、部屋にいるあいだじゅう、恵美さんのほうしか見ていなかったじゃない」

「馬場さんにはお見通しだったわけか」

「地域の病院の若先生と大地主の旅館のお嬢さんのカップルで、みんなに祝福されていた。有川くんもちょっとまわりに聞いてみれば分かったはずだけど、あなたは恵美さん以外のことはまるで眼中になかった」

「鈍感でした。ぼくには分かりませんでした。でも恵美さんはぼくにとっては最高の人でした。生まれて初めてあんなきれいな人に会いました。最後は失恋して本社に帰りましたけど、その後もずっと忘れられなかった」

「だと思った。だから電話で知らせてあげたでしょ、二人の結婚のこと、赤ちゃんができたこと。残酷なようだけどそうしないとあなたがいつまでもあきらめないいんじゃないかと思ったのよ」

そのとおりであった。馬場さんからの二度の電話で有川は打ちのめされたけれども、それによって立ち上がることができたのであった。

「実はきのう皐月先生と恵美夫人に会いました。御子息の院長にも会いました。ぼくの仕事上のことで。おまけに今朝は偶然ホテルの庭で恵美さんと話ができました。四十五年ぶりでした。相変わらず美しい人でした。午後に馬場さんに会いに行くと言ったら、よろしくお伝えくださいとのことでした」

いつのまにか馬場さんは普通の会話ができるようになっていた。当時の知り合いの消息や、その後のコーラスサークルのことなどをしゃべった。コーラス活動は、恵美夫人の出産後しばらくピアノを弾く人が見つからず休んでいたが、一年後に復帰して再開した。しかし二年ほど経って皐月先生の医業が多忙になって休みがちになり、メンバーも減ってそのまま自然に取りやめになった。結果的に、コンクールに出て努力賞をもらった時がピークだったと語った。

上司だった柳田所長は神戸支店長に転出した後、本社で取締役になり、定年後は淡路島に戻り五年ぐらい前に亡くなったとのこと。また、有川が妻と死別し会社を辞めたことは社報の通知欄で知っていたと言った。

有川はそれを継いで、会社を辞めてから構造設計事務所を創設して現在に至っていることを話した。ただ、今自分ががんの末期で余命がないことは馬場さんには言えなかった。

途中、様子を見に来た管理人の妻がびっくりしてにこにこしながら馬場さんを褒めた。

「こんなに馬場さんが嬉しそうな顔をするのは最近は全くなかったんですよ」と有川に言った。

約一時間余り、四方山の話をした。語り合ううちに有川は、四十五年の歳月が消えて、老婆の顔が昔の馬場さんの顔に変わり、当時の二人の関係がそのまま継続して今に続いているような気分になった。

管理人夫婦は有川の辞去を惜しんだ。

ホームを去る際、車椅子を押して玄関まで有川を見送り、「ぜひまた訪ねてきてください」と言った。有川はその機会はあるまいと思いつつも、「ええ、ぜひ」と返事した。

車椅子から手を振る馬場さんの顔を今一度見つめ、有川はその顔にこもる青春の思い出に別れを告げた。

呼んでもらったタクシーに乗り、有川は次の行き先を言った。馬場さんの老人ホームからそう遠くないところに観光名所の水仙郷がある。淡路島の今日の最後の訪問先である。妻が死ぬ一年前のまだがんが再発する前、必ず生き延びられると有川がひそかに希望を持っていた時期に、二人で鑑賞に訪れた場所である。明石から船で岩屋に渡りそこから遠路をバスで来た。あのときは二月で満開の水仙が見ごろであった。今日はシーズンオフのため花は見られないが、妻と訪れた貴重な場所を再見したかった。

水仙郷は紀淡海峡を望む谷間の斜面にあり、開花シーズンになると畑一面に水仙が可憐な黄と白の花を咲かせ、美しい風景を織り成す。園内は遊歩道が巡り、訪問者は花の美と香りを味わいながら、海と山の遠景を愉しむ。

卵巣がんの手術から数箇月経った頃、妻は花の雑誌でこの水仙郷の紹介記事を見つけ行きたいと言った。手芸の花づくりを趣味にしていた妻は、生きた花を観賞するのが好きだった。抗がん剤の副作用で白血球の低下があり、感染症をさけるためにできるだけ外出は控えた方がよいと医師に言われていたが、妻の願望は強く、思い切って出かけることにしたのである。

遊歩道は幾重にも巡り、妻と一緒に歩いた道を再現することはできなかったが、有川はできるだけ記憶をたどって歩いた。まわりは緑一色の畑で、花はなくとも遠くの海と山の稜線と調和して美しい景色をつくっていた。シーズンオフの遅い午後のため、日曜日といっても訪れている人は少なく、有川以外に人影が見えない場所もあった。

とある遊歩道の分かれ道に来た時、突然有川は思い出した。そこで妻はしゃがんで水仙の花に顔を寄せ、花弁を観察しながら「いい匂い」と言った。有川はその妻を見下ろし、痩せたうなじを愛しむように見つめた。あれは確かこの場所だった。「あなたも匂ってごらんよ」と妻は言った。そこで有川もしゃがみ、妻と頬を寄せて花の匂いをかいだ。そして妻の肩を抱いて立ち上がらせた。肩に回した手で妻の二の腕をつかんだ時その細さに驚いたことを思い出す。妻はやせ衰えていた。がんの告知をしていなかったので、抗がん剤の副作用に必死に耐えているけなげな妻に、有川は罪の意識を禁じえなかった。それだけに、有川は化学療法の奇蹟を信じ、妻の生還を祈っていた。しかし実際はその数箇月後に妻は腹水を貯めて再発したのだ。当時のやるせない心境がよみがえったが、有川はしばらく立ち止まったままその感傷に身を任せた。

水仙郷を出るとき、有川はあらためて山を振り返った。そこは、がん治療中の妻と自分に、ひとときの幸福感を与えてくれた場所であった。有川は今一度眺めてその景色に別れを告げた。妻とはこのあと洲本港から深日港に渡り、和歌山で一泊して電車で神戸に帰ったが、それを辿る余裕は今の有川にはなかった。

淡路島でなすべきことはこれで終わりにしよう。水仙郷を訪ねられただけでよかった。名残は尽きないが時間が迫ってきていた。夕暮れが迫り、西の山かげに沈んでいく真っ赤な太陽が見えた。有川は水仙郷の出口を出ると、タクシー乗り場に行き、駐まっていた一台に乗り込んだ。

「垂水まで」と告げる。

「神戸の垂水？」と運転手が聞く。

「そうだ」

タクシーは夕暮れの高速道路を一路北に向かって走った。寡黙な運転手で有川との会話はほとんどなく、昨日から今日にかけての様々な思いを振り返っている有川には有難かった。

明石海峡大橋の手前のサービスエリアに『ハイウエイオアシス淡路』という休憩所があり、タクシーを止めてそこに立ち寄った。物産店で土産を買い、森さんに電話をかけた。森さんはすぐに出た。

「先生、先生ですね。大丈夫ですか。変わりありませんか」

森さんの早口の声が、たちまち有川に日常性を取り戻させた。その声は心温まる響きがあって懐かしい。

「あと一時間足らずで帰ります。夕食は家で食べます」

まるで家庭を持っている人のような自分のせりふに驚きながら、そのことに有川は安堵を覚えた。

明石海峡大橋に入る頃には、日がとっぷりと暮れ、夜が訪れていた。タクシーの窓から対岸の神戸の街を見た。左は明石、加古川、姫路、右は神戸、芦屋、西宮、尼崎から大阪湾に至る夜景がパノラマのように展けている。点々とちりばめられた建物の明かり、帯状につながって動く道路上の光、それらの向こうには群青色と黒色に重なる山々。右前方には妻の墓がある高取山が見える。

「この夜景、絶景でしょ、お客さん。わたしゃ夜この橋を渡るのが大好きなんですよ」と今まで黙っていた運転手が突然言った。

「そうだね。向こうの六甲や摩耶の山から見る夜景もいいけど、こちらも絶品だね」と有川は返した。

上を見ると数少ないが星が光っている。有川の脳裡に、突然ニーチェの詩がよみがえった。なぜか今この景色と自らの心境にふさわしい言葉のように思えた。

星よ、ゆけ、さだめられたるその軌道《みち》を
闇にいかなるかかわりかある？
しずかに時代《とき》を超えてゆけ！
顧るな、その悲惨を！
汝《な》がかがやきは、いと遠き世界のため
憐憫はこれ罪悪と観ぜよ！
ただ一つの誡め、なんじに臨む、・・清くあれ！

垂水区に帰り着いた。日曜日で事務所の照明は消えているので、直接居宅の玄関を入った。馬場さんが転がるように出てきて、上下に何度も有川を見て無事を確認した。

「お帰りなさい。お疲れでしょう。すぐに夕食を準備します」

「有り難う。先に風呂に入ります」

「はい、お湯は入っています」

入浴、洗髪、髭剃りをして、さっぱりした気分で食卓に着く。二日ぶりの森さんとの夕食であったが、何日も経ったような懐かしさを覚えた。

「お変わりありませんでしたか」

「大丈夫だよ。身体のほうは無事だった。皐月内科医院の問題は先方の理解があって、何とかなった。あとはあなたと中島と竹下さんにお任せしておきたい。今日は淡路島のあちこちを一人で訪ねてきた」

有川はその中で馬場さんの過去から今日までを語った。有川自身もそうだが、年老いて身寄りがないのは寂しい。森さんには二人の娘があるので、家族の絆を大事にしてほしいと言った。それを受けて森さんは娘たちの近況を語った。長女の娘のところは孫が可愛いさかりで盛んに電話をしてくること、次女のオーガニックカフェはようやく最近黒字になってきたことなど、まるで妻が夫に語るような口調で有川に話す。有川は、夫婦が普通の世間話をしているようなそんな会話に満足感を覚えた。

二日間奇蹟のように好調だった有川の体調が、まるで復讐されるかのように翌日から悪化した。夜明けの目覚めの頃から咳の発作が始まり、嘔吐と下痢が同時に襲った。医師からもらっている薬を森さんが飲ませ、体温を測ると八度七分になっていた。

苦しみながらも、有川はいよいよ激変が来たのではないかと思った。二日間の淡路島行きで、済ましておかねばならない大きなことを終えていることに安堵した。だから肉体は辛かったが、心は平穏だった。

森さんは有川の発作がややおさまった頃、中島と藤野厚子に電話して早めの出勤を促した。非常事態に備えるためである。二人はあわてて出勤してきた。

九時を待って、森さんは近所のかかりつけクリニックへ電話した。予定している入院先の医師とは別に以前からかかっている開業医があって、急場の相談をかけたのである。開業医は森さんから有川の容態を聞き、解熱剤を呑ませてそのまま安静にしておくように指示した。その日午前中、有川はベッドの中で呻吟しながらうとうとした。正午過ぎ開業医が特別に往診してくれた。体温、血圧、脈拍、体内酸素を測定し、呼吸音を聴いた。用意してきた点滴を随行した看護師に命じ、「少し様子を見ましょう。重篤な状態ではないので二・三日で回復するでしょう」と言った。

事務所の仕事は平常どおり始まった。月曜日恒例の朝のミーティングは森さん、中島、藤野厚子の三人で簡単にすませた。有川が担当していた仕事は木造住宅の構造計算で、藤野厚子が引き継いだ。有川抜きでも事務所は業務が可能になりつつあった。

午後になって藤野厚子から連絡を受けた竹下が訪ねてきた。二階の居宅に上がって有川を見舞った。点滴のおかげで静かに眠っている姿を見て、安心して帰った。

開業医が予告したとおり、容態は二日後に改善した。熱が下がり点滴が外され、食事が可能になった。しかし有川は全身の力が抜けたような虚脱感を覚えた。がんは、有川がしておかねばならないことをし終わるのを待ってくれていたかのようであった。

有川はその日の午後起き出し、身の回りの最後の整理を始めた。終いまで取ってあった私的な書類を廃棄した。亡妻が遺していた有川の三通の手紙（告白と求婚と抱負）と、愛読書の中から選んだ三冊（ニーチェと五味康祐と山本夏彦）はひとくくりにして包装し、棺に入れてもらえるよう表書きした。預金通帳、証券、証書、不動産の権利書など遺産関係の書類は、ひとまとめにして分かりやすい場所所に納めた。また、パソコンに入っている覚書（遺書）を印刷したものをその上に載せた。

それから一箇月、何とか小康を得て有川は毎日事務所に坐った。仕事は主に藤野厚子の指導と、森さん、中島の相談事に乗ることだった。

また、得意先に順番に電話し、事務所のオーナーを森静子に、管理建築士を中島に変更することを知らせ、その理由を述べた。すでに有川の病状を聞き知っていた得意先の面々は、さして驚くことなく、今後も有川構造設計事務所との関係を維持することを約束してくれた。摩耶建設の竹下は毎日やってきてしばらく話し込んで帰って行った。

その間に、中島が「構造設計一級建築士」の資格認定講習と修了考査を受けた。結果の通知は後日になるが、中島は考査の問題はすべて解答できたと有川に報告した。事務所の存続に必須であったこのことが間違いなく達成されることを信じて有川は安堵した。

ある日、亡妻の弟夫婦が再度事務所を訪ねてきてくれた。森さんが有川の入院が近いことを電話で知らせていた。二階のリビングに招じ入れてしばらく歓談した。相変わらず人懐こい弟との会話は、病気のことなど忘れさせて屈託がなかった。

森さんは甲斐甲斐しく有川の身の回りの世話をした。森さんのおかげで、日常生活は平穏で快適であった。もはや長年連れ添った女房と変わりなかった。

淡路島から帰ってきた時のような発作が次に起きたら、有川はいよいよ最後の入院をするつもりであった。その旨病院に了解を取り、森さんに手筈を頼んだ。森さんは涙を浮かべて有川を見て、黙ってうなずいた。

有川は目を開けた。部屋の雰囲気が違う。見えるもの、聞こえるものがまるで異なっている。寝具も着ているものもいつものようではない。しばりつけられているように身動きがしにくい。鼻のところに何かはさんである。酸素吸入器のようだ。だんだん意識がはっきりしてくると、左腕に点滴が入っていることが分かる。指先には酸素測定器が付けてある。下半身には尿管がつながれている。しっかり目を開けて、動かせる範囲で首を回してまわりを見た。ここは病院だ。自分は今病院のベッドに横たわっている。

だんだん記憶を取り戻した。

確かある日の夕食後リビングのソファーで気が遠くなったはずだ。そのあとすぐに意識を取り戻したが、それ以後の記憶がない。かすかにあるのはストレッチャーに載せられた瞬間の感覚と救急車のサイレンの音だ。そうか、あのまま病院に運ばれたのか。

周りは静かである。照明が落としてある。深夜のようだ。かつぎこまれて何日経ったのだろう。昨日のようでもあるしかなり日が経っているようでもある。

見回りの看護師が音をたてないように入ってきて、有川の様子をうかがっている。

「いま何時ですか」と有川は尋ねた。看護師ははっとして、「気がつかれたのね」とささやくように答えた。

看護師は急ぎ足で出て行き、当直の医師を伴なって来た。医師はてきぱきと有川につながれている器具と測定値を確認し、胸を開かせて聴診器を当てた。

「今日は何日ですか」と有川は尋ねた。

答えを聞いて、有川はぼんやりと二日間経っていることを察した。

「大丈夫だ」医師は看護師に短く告げて、

「朝になったら主治医の先生にすぐ連絡して」と指示した。

廊下から看護師たちの活動の足音やカートを動かす音が聞こえ始め、有川は目が覚めた。深夜から今までまた眠っていたらしい。外来でなじみになっていた主治医が看護師を伴なってやってきた。

「有川さん、目が覚めましたね」そう言って主治医は深夜の当直医と同じように点検をした後、看護師に命じて採血をさせた。

「意識が戻ったからもう起きられますよ」主治医は有川につながれていた全ての器具と管を外した。

「奥様にお知らせしておきましたからね」と看護師が言った。

やがて森さんが駆けつけてきた。森さんは有川がかつぎこまれてから二日間つきっきりで、ようやく容態が安定したという主治医の説明を聞いて昨夜帰宅したと、看護師の言葉で分かった。森さんを奥様と呼ぶ看護師の言葉に全く違和感を覚えなかった。

そのまま森さんは病室に居続けた。午後になって中島と藤野厚子もやってきた。

「いいのかい、事務所は？」

「今日は土曜日なので閉めてきました」と藤野厚子が言った。

「そうか、土曜日なのか」

意識が戻ってからは急速に有川は回復した。

久しぶりに四人そろって会話はいつのまにかミーティングのようになった。各自の担当業務を有川に報告し、アドバイスを求めたり質問したりした。みんな仕事が好きだった。

「今後は君たちで相談して、事務所を盛り立てていってもらいたい。もう事務所は君たちのものなんだ」と有川は答えた。

回復すればできるだけ動いた方がよいという医師の勧めがあり、やや空腹も感じたので、四人で病院内にあるレストランへ行って夕食を食べた。三人は定食を、有川はスープにサンドイッチという軽食を摂った。

主治医の説明では、意識が戻った有川は今後もしばらくは今の生活が続けられるとのことだった。ただ、今回のような急変はいつ起きるか分からないので、入院生活は避けられない。いよいよ緩和ケアに入ったんだなと有川は理解した。

面会時間が終わって三人は病院を出た。来るときは別々だったが、帰りは藤野厚子の軽自動車に同乗することになった。駐車場は有川の病室から百五十メートルほど離れていて窓から見下ろすことができる。外灯の下の車の傍から三人は病棟の方を見ている。駐車場から見ると同じ形の病室の窓が並んでいて、どれが有川の窓か判別は難しいだろう。しかし森さんは正確に指さしている。有川は手を振った。それに応えて森さんも手を振った。森さんが左右の二人に知らせて、三人が一緒に手を振り始めた。有川は童心に返ったように大きく手を振った。

ふと、この光景はかつて読んだ山本夏彦のコラムの中の印象深いシーンに似ていると思った。

氏の妻は乳がんから始まり肺転移、骨転移を経て七年間の闘病を続け、最後の入院中であった。その妻を見舞ったときの氏の記述が「丸山ワクチン」という題名のコラムの中にある。

「いま妻は頼んでこの病院の七階に入院中である。私は夕方事務所の帰りに見舞っている。（中略）帰りがけに振返ると日はすでにとっぷり暮れている。七階の窓で豆粒大と化した人影がちぎれるばかりに手を振っている。私は二つ並んだ公衆電話のボックスにかけより、その灯かげの下で背のびして同じく手を振って答える。さながら『一太郎やーい』である」

「一太郎やーい」の意味が解らずに調べたことを思い出した。日露戦争に御用船で出征する我が子を見送り「家のことは心配するな。天子様によく御奉公するだよ。分かったらもう一度鉄砲を上げろ」と叫んだ四国の愛国老母の話だった。

これは、辛口コラムで知られる氏が、常には見せたことのない自らの夫婦愛を、あからさまに吐露した文章である。このコラムを読んだとき、有川は自分の亡妻との体験を思い出して身につまされる思いをした。今日は主客が変わって窓で手を振るのは妻ではなく有川であり、窓を見て手を振るのは森さんであるが、状況は同じであろう。事務所のことは心配するなと告げているのは森さんである。そのとおりだ、もう彼らに任せて心配ない、ちゃんとやってくれるだろう。

エピローグ

三人が帰った後の有川の部屋は、緩和ケアを目的に整えられた個室である。テレビ、キャビネット、トイレ、シャワー、ミニキッチン、クローゼットが設置され、冷蔵庫、ポット、収納ボックスも置かれている。自宅で療養しているのと同じように、患者のプライバシーを守り気兼ねなく過ごせるよう配慮されている。基本的に付き添いは必要なく、面会時間の制限もない。緩和ケアは「重い病を抱える患者やその家族一人一人の身体や心などの様々なつらさをやわらげ、より豊かな人生を送ることができるように支えていくケア」と定義されている。病院のスタッフには、そのための様々な専門家が用意されている。

有川は、なさねばならぬことをすべて終え、ようやく最後の居所にたどり着いたという安心感を覚えた。そして、いつものリビングにいるような感覚でリモコンを取り、テレビのスイッチを入れた。

ちょうど夜のニュース番組をやっていて、夕方に起きた地震の状況を報じている。震源は茨城県沖でマグニチュード五・五、震度は最大で五強、都心を含む広範囲で三以上を記録している。津波の心配はない。かなり強い地震であるが、幸い目立った被害は報告されていない。阪神淡路に始まり、東北、熊本の大地震の合間も、その後も、中小の地震が続いている。日本列島は地震活動期に入ったと言われている。すでに日本中でこの程度の地震はもう慣れっこになっている。人々は地震に対する耐性ができた。

有川は構造屋として、地震の報道には人一倍関心がある。

我が国の耐震設計技術は、震度五ではびくともしない建物をつくるところまで成長した。同時に震度七では倒壊を防いで人命を守るという使命を達成するところまできた。熊本地震では震度七が連続して起き予期せぬ被害をもたらしたが、それとてこれは次の課題として必ず合理的な解決策を見つけるだろう。さらに、現行の耐震基準に適合しない古い建物がまだ何万棟もあって、今後も大地震があれば被害は免れないだろうが、やがてそれも耐震診断、耐震補強の技術で補ってゆくだろう。心配される首都直下型地震に対しては、官民あげて被害を最小限にとどめる準備をしていくだろう。

制度上は、構造設計一級建築士制度と構造計算適合性判定制度を発足させ運用している。運用が継続する中で制度の歪み、緩み、欠陥が徐々に顕在化している部分もあるが、いずれ皆の知恵が正しい進路を見出していくだろう。

様々な成果をもたらしたのは、過去から現在までほぼ百年、耐震理論を研究発展させてきた学者、研究者、数々の被害から学んで法制化を進めてきた官僚、新しい知見を反映させて耐震設計法を構築してきた技術者たちの努力によるものだろう。

そして現在、我が国の建築の耐震安全性を支えているのは、先人たちの衣鉢を継いで活動している全国で一万数千人の構造屋たちである。彼らは、日々我が国の建物の安全のためにその職責を果たしている。小は個人住宅から、大はビル、マンション、病院、工場、倉庫、原子力発電施設にいたるまで、あらゆる建築物の安全設計にたずさわっている。一年間に建設される建物の総数は数十万棟、そのうち七十パーセントの小規模建物はすでに過去のデータから定められた仕様規定だけで安全が保たれる。残りの三十パーセントは一つ一つ構造屋によって安全設計がなされている。その数、十数万棟、構造屋一人当たり年平均十棟になる。彼らはその任務に心血を注いでいる。

しかし、その仕事の重大性の割には、構造屋は社会的に恵まれた評価を受けていない。構造屋の存在と職務を知っている人は少ない。姉歯事件があるまで、世間ではほとんどこの職業は知られていなかった。今も十分に認知されているとは言えない。外観や用途に現れる建築物の華々しさに隠れて、構造屋の仕事は縁の下の力持ちという比喩がぴったりである。

構造屋が世に知られないのは、彼らの性格によるところも大きい。構造屋は一般的に几帳面で、慎重で、小心で、臆病、どちらかというと内向的で、おとなしく、目立つようなことはしない。まじめで融通のきかないタイプが多く、自己をアピールすることが苦手である。そんな概してシャイな性質が、構造屋の社会的地位を向上させない要因になっているような気もする。

しかし、黙々としてその使命を果たしている構造屋が有川は好きである。有川自身も誇りを持っている。自分の一生は近く終わろうとしているが、一人の典型的な構造屋の人生であったと思う。

いつぞや竹下が言った。

「そうだよ、構造屋さんはいい人が多い。私がしょっちゅうここへお邪魔するのは、この人たちが好きだからだよ。先生、どうかこの姪《こ》をよろしくお願いします。一人前の構造屋にしてやってください」

このような理解者が増えてくれることを、有川は願っている。

〈参考文献〉

P109　ニーチェ「ツァラトストラかく語りき」竹山道雄訳
P158　ニーチェ「この人を見よ」阿部六郎訳
P161　バイロン「チャイルド・ハロルドの遍歴」阿部知二訳
P174　ニーチェ「ディオニゾス酔歌」竹山道雄訳
P238　ロシア民謡「ともしび」楽団カチューシャ訳詞
P247　シューマン「流浪の民」石倉小三郎訳詞
P257　ニーチェ「華やかな知恵」氷上英廣訳

今西　宏（いまにし ひろし）

1941 年生まれ。兵庫県出身。
建設会社の会社員を経て 1996 年に独立。
大阪府吹田市にて建築構造設計事務所を開設。
18 年間営業の後、2014 年に妻の出身地である北九州市に移住。
現在に至る。

ある構造屋の物語

2018 年 2 月 20 日　第 1 刷発行

著　者　今西　宏
発行人　大杉　剛
発行所　株式会社 風詠社
〒553-0001　大阪市福島区海老江 5-2-7
ニュー野田阪神ビル 4 階
TEL 06（6136）8657　http://fueisha.com/
発売元　株式会社 星雲社
〒112-0005 東京都文京区水道 1-3-30
TEL 03（3868）3275
印刷・製本　シナノ印刷株式会社

ISBN978-4-434-24407-0 C0093